Elisa Lucinda

Parem de falar mal da rotina

1ª edição

EDITORA RECORD
RIO DE JANEIRO • SÃO PAULO
2023

CIP-BRASIL. CATALOGAÇÃO NA PUBLICAÇÃO
SINDICATO NACIONAL DOS EDITORES DE LIVROS, RJ

L971p
Lucinda, Elisa
  Parem de falar mal da rotina / Elisa Lucinda. - 1. ed. - Rio de Janeiro : Record, 2023

  ISBN 978-85-01-10472-4

  1. Crônicas brasileiras. I. Título

22-78711
CDD: 869.8
CDU: 82-94(81)

Gabriela Faray Ferreira Lopes - Bibliotecária - CRB-7/6643

Copyright © Elisa Lucinda, 2023

Imagem de capa (céu): ping198/Shutterstock

Todos os direitos reservados. Proibida a reprodução, armazenamento ou transmissão de partes deste livro, através de quaisquer meios, sem prévia autorização por escrito.

Texto revisado segundo o Acordo Ortográfico da Língua Portuguesa de 1990.

Direitos exclusivos desta edição reservados pela
EDITORA RECORD LTDA.
Rua Argentina, 171 – Rio de Janeiro, RJ – 20921-380 – Tel.: (21) 2585-2000.

Impresso no Brasil

ISBN 978-85-01-10472-4

Seja um leitor preferencial Record.
Cadastre-se em www.record.com.br
e receba informações sobre nossos
lançamentos e nossas promoções.

Atendimento e venda direta ao leitor:
sac@record.com.br

A Gabriel,
iluminado anjo,
irmão deste livro.

Quem não tem amigo, mas tem um livro, tem uma estrada.

CAROLINA MARIA DE JESUS

ROTEIRO

Prefácio da 1ª edição (2010): Ensina-me a viver   13
Hora nova (2022): Café com canela   23
Prólogo: Termos da nova dramática   27

I. Mistério de uma chama

A vida dos outros — O hábito de reparar   37
    Uma lembrancinha do tempo   39
Orelha indiscreta   45
E o vento trouxe...   49
O homem nu   51
    A conta do sonho   53
    O inexato   56
A miséria da riqueza ou O podre de rico   57
    O nome do tesouro   61
Muito além do jardim   65
    Bandeira   67
Dormindo com o inimigo   69
Laços de ternura   73
    O poema do semelhante   75

II. Memória de uns cárceres privados

Velozes e furiosos	83
Aniversários macabros	87
Mar adentro	88
O pagamento final	89
Eles não usam black-tie	91
Alien — O orgulho ferido	95
Querida, congelei as crianças	99
Felicidade por um fio	103
Credo	108
O diabo veste Prada	109
Última moda	112

III. O silêncio dos inocentes

O dia em que João esclareceu o tempo	119
O palhacinho de Júlia e o anjo Uriel	121
Menino no espelho d'água	123
Meninos mimados não dividem o brinquedo	125
O bebê de Rosemary	127
Cinema falado	133
O sonho de Beatriz	135
Garganta profunda	139
Bilu-Bilu	143
A mulher tarja preta	145
Chupetas, punhetas, guitarras	147
Sob o domínio do medo	151
Terror na mansão de Alphaville	155
O evangelho segundo João Pedro e José	159
Meninos São José	160

IV. Pátria minha

Lua nova demais 167
Só de sacanagem 171
O que é isso, companheiro? 175

V. Faça a coisa certa

As flores do mar 183
O amuleto de Ogum 187
Olhos que condenam 191
Uma escola atrapalhada 193
Prenda-me se for capaz 197
Eu não sou sua negra 201
Medida provisória 203
Por um fio 205
A herança ou O último quilombo 207

VI. Amor, império dos sentidos

Beleza pura 213
Cenas de um casamento 219
A prova 223
Vários casamentos no funeral 225
Em nome do pai 227
Esqueceram de mim? 229
Des-atração fatal 231
O dominado 235
Moonlight 237
Poemeto do amor ao próximo 238
A declaração 241
"Euteamo" e suas estreias 242

VII. Assim caminha a humanidade

Vestida para ganhar	249
A felicidade mora ao lado	255
A fábrica de brinquedos dos adultos	257
A rainha diaba	263

VIII. Fale com ele (com o roteirista)

Meu dom (Quixote)	271
Tudo por dinheiro?	275
Admirável mundo novo	279
Passageira do amor	281
Por causa da beleza do mundo	283
Feitiço do tempo	285

IX. Filhos do sol

O céu como limite	291
Vida-ateliê	295

Epílogo

A vida de Judite	303
O avarento	305
Libação	308

Posfácio: Comentários sobre *Parem de falar mal da rotina*	311
Participações especiais	317

PREFÁCIO DA 1ª EDIÇÃO (2010)

Ensina-me a viver

Sinto-me nascido a cada momento
Para a eterna novidade do Mundo.
ALBERTO CAEIRO

Escrevo esta numa segunda-feira que se deu esplendorosa. Era, como todos, um dia diferente. Desde que nascera, reparei na barra dele em babados de espessas nuvens a cobrir a base do morro Dois Irmãos que, de lá, pisca para minha ladeira. A manhã, eu a tudo vi, parecia uma menina vestida de senhora, mas, aos poucos, foi descortinando seus véus e uma transparente membrana de neblina e tule se espalhara sobre o céu prata. O luminoso nublado dia de hoje avançara com seu grafite leitoso e seus discretos ventos frios até o meio da tarde em franco antagonismo com os lampejos de azuis, que tentavam mudar de tom a paisagem. O *fog*, aquela fumacinha que se vaporiza sobre a cena, fazia incríveis coberturas e, qual ilusão, desaparecia com montanhas, lagoas, árvores e recortes. Devagar, porém de repente, está tudo nítido, brilhoso outra vez! No azul, dava até para nomear pássaros. Vêm micos na minha janela à procura de banana, e os carros, enquanto tudo rola na natureza, zanzam pelas ruas entre buzinas, pressas, semáforos e outras sinalizações que fazem o mundo funcionar. Está reluzente o mundo que admiro.

No entanto, de novo sobre tudo, a mesma abóbada clara, a grande concha acústica que nos cobre no teatro da vida é tomada agora por um clima escurecedor, uma espécie de sombra de algodão negro, uma nuvem sinistra que caminha em direção à nossa casa. Ouve-se o som. Poderia dar medo, mas não. É Djavan que toca no meu rádio e o que se mistura à percussão musical são os pingos da chuva que todo aquele aparato celeste quisera anunciar desde cedo. Era tudo para ela. O que vi, o que no firmamento se sucedera era pretexto da chuva e para a chuva. Toda aquela organização, o elenco de brisas, mares, pássaros e árvores que nem citei aqui, também estão na peça. Poderia ser ficção, mas é real e esse é o cenário que vejo daqui, donde escrevo, numa cadeira disposta diante da mesinha branca de ferro, numa quina de varanda florida que parece uma nave-jardim. Daqui de cima, depois dos oréganos, beijos, avencas, tapetes, orquídeas, azaleias, lavandas, rosas, coentros e manjericões que estão em primeiro plano em um jardim suspenso, assisto e navego na paisagem do dia lá fora até que a noite chegue, em sua madrugada eu me deite e durma para o novo dia.

É setembro, é espetacular viver, tudo parece um circo, uma novela, um cinema, um filme, um programa de TV e é sobre isso este livro. Sobre a dramaturgia dos dias que ocorrem em nossa vida; capítulos de folhetim que não cessam de inspirar aos novelistas e romancistas de plantão. E sob tais roteiros respiram nossos motivos. A câmera dos olhos possui alguns bons recursos: foca, enquadra, escolhe, exclui, desfoca. Pelas janelas dos olhos e de outros sentidos, pois cada sentido possui suas janelas por onde passa o mundo, assistimos e atuamos nesta grande obra aberta que é a vida; este imenso folhetim com direito a cenário e toda a ficha técnica de qualquer grande produção. Com a sofisticação da dramaturgia da vida que supera, inúmeras vezes, em impacto e melodrama, muitas ficções, e nos cabe a missão de aprender a estrear nela sempre, como fazem o sol, a lua e outros milenares astros.

Pois, como coisa viva e determinante que é, quem levantou toda esta onda fora uma despretensiosa peça teatral — *Parem de falar mal da rotina* — que jamais imaginei que um dia fosse virar literatura. Era também de um setembro a primavera em que a montamos, há oito anos. Quando Amir Haddad, ao dirigir o lindo Teatro Carlos Gomes, me convidou para fazer uma peça que formasse plateia no horário alternativo, no centrão do Rio daquela praça Tiradentes, eu não sabia o que me esperava. Que tipo de acaso, combinado com minha decisão de aceitar tal convite, terá gerado tão extensa missão? Recém-chegada da Espanha, onde encenei, no festival de teatro em Sitges, poemas do *Eu te amo e suas estreias*, descubro que o jornal *La Vanguardia* disse que o público levava a impressão de ter me encontrado muito à vontade na sala de minha casa. Tais palavras do periódico me inspiraram a bolar um espetáculo que brindasse as estreias cotidianas e em que o público me encontrasse dentro de uma banheira como a começar um novo dia. Escolhi uns poemas que traduzissem estas intenções, levantei cenas para melhor ilustrá-los, improvisaria textos para bordar o caminho de um poema a outro, a fim de desenhar as costuras e pronto. Lá fui eu e meu precioso amigo Davi Miguel, que foi o primeiro produtor da peça, a abrir as cortinas do teatro numa terça-feira em que um infortúnio fazia com que uma espécie de terror bandido fechasse a cidade e, por conta disso, só catorze pessoas ocupassem o espaço de seiscentos lugares. No entanto, o que se deu nas sessões seguintes foi a multiplicação da plateia, como um milagre. E nunca mais parei. Oito anos depois, o que se vê é um público que não cessa de crescer, formando um extenso e interminável boca a boca. Tem sempre alguém perguntando quando é que a peça vai voltar para esta ou aquela cidade. Muitos repetiram mais de uma dezena de vezes a "experiência". Falo experiência porque assim o é para mim também. Desde sua primeira estreia, esta peça já foi tantas, por dentro e por fora! Mudaram seus bastidores, seus trabalhadores detrás dos panos, e não cessa de girar mais e mais o mutante contexto: mudo poema, invento ou conheço histórias novas de onde brotam novas cenas. Como um mosaico ou um quebra-cabeça, diversificados formatos e ordens variadas compõem a história deste espetáculo. Não para, não se repete e acho que é esse um dos principais motivos pelos quais o público vem ver de novo. Quer verificar o que é fixo, o que é improviso, o que faz parte sempre do enredo e o que estou inventando na hora. No hall do teatro dispomos uns cadernos onde o público deixa suas impressões. É curioso o arsenal de confissões anotadas ali. Domésticas histórias confirmam, por escrito, o que me é oferecido em gargalhadas, lágrimas, ovações. Os depoimentos desfilam relatos daquela experiência teatral na vida das pessoas. Daquele faz de conta que as revela. Há ainda os que foram ver a peça saídos de sessões quimioterápicas, dezenas afirmam que o espetáculo é uma espécie de psicanálise selvagem. Outros disseram que até da gripe ficaram curados ali, no escuro do teatro. Mistério da arte.

O que é verdade é que a todo instante nosso sonho é posto à prova. E, ainda que escutemos a voz de Guimarães Rosa a soprar em nossos ouvidos que o que a vida quer da gente é coragem, nem sempre estamos disponíveis ou fortes para tanto. Cada um sabe onde lateja seu desamparo. Talvez, através da brincadeira e do riso, pelas mãos da emoção e pelas conclusões da inteligência do público, os conteúdos do *Parem* potencializem esta coragem de seguir avante e reenergizem nossa oficina de desejos. Nesta dinâmica interativa, muitos novos conhecimentos me foram transmitidos pelo público ao se ver retratado com igualdade no palco. Me agrada que a arte sirva para esclarecimentos do mesmo mundo. É sua maior serventia.

Um ano ou mais depois de ter estreado, Geovana Pires, ilustre presença nos bastidores deste processo, sem a qual de muitas iluminações ele teria ficado órfão, lançara, sem querer, a semente deste livro de agora. Foi ela quem perguntou, depois de assistir a praticamente todas as sessões da primeira temporada, onde estava o texto, porque gostaria de marcar quantas personagens eu vivia em cena, uma vez que não dispunha desta resposta. Disse-lhe que nunca houvera texto escrito neste caso, que o mesmo nascera no palco, falado, vivo, oral. E assim como a vida, também nunca tivera ensaio. Não tinha texto fixo: todo dia eu dizia de uma maneira diferente a mesma essência. Cuidadosa, Geovana, então minha aluna e jovem estudante de teatro, com afeto e dedicada paciência transcreveu toda aquela dramaturgia a escutar uma fita cassete. Embora seja aos olhos de hoje obsoleto o método, era o que havia de registro ali. Depois desse valioso trabalho e resolvidas nossas dúvidas da época, Geo virou assistente de direção e passou a ser, de fora, o fundamental olhar do espetáculo para mim. Desculpe-me chateá-lo com estes detalhes, mas é para o caso de alguém querer saber como tudo começou, e só o faço aqui sem cerimônia porque sei que está assegurado o direito de não me ler caso não queira.

O *Parem* em versão livro começou a nascer no palco da peça que o gerou. Numa das cenas com a plateia, acabei por conhecer um rapaz do público que me disse estar ali a serviço de um editor interessado em publicar o texto. Para encurtar a conversa, o nome do homem é Pedro Almeida e virou mesmo meu editor. O negócio ficou animado e o que eu pensei que seria fácil revelou-se um hercúleo trabalho. Não sabia, àquela altura, que este seria meu mais difícil livro. Não cheguei a sofrer porque não sofro para escrever, não me custa e é, na verdade, um antídoto para o que me pretende molestar. Mas os livros anteriores já me saíram como literatura. Tratei-os desde sempre assim. Aqui, a prática nasceu antes da teoria. De todas as obras incompletas (sou das que às vezes acha que a incompletude é da natureza das obras), esta me parece a mais flagrante. Senão vejamos: nunca mais voltamos ao texto, a não ser agora, quando preparo para a LeYa a versão da 1ª edição. Mais que recolher o que nascera encenado sob ribaltas, focos, cenário, música, comunicação direta, risos e lágrimas, ações e reações da comédia e do drama e transformá-lo em escrito, o resultado alcançado teve que se assumir como uma obra aberta e em progresso. Olho este livro como uma grande conversa que também se transforma a cada momento, mesmo escrita, uma vez que é no coração de cada um separadamente que a literatura costuma fazer o seu silencioso e emocional serviço. Foi porque percebi que havia um fino véu envolvendo o óbvio para que não víssemos o mistério de seu processo é que começou a brincadeira séria de retirar os véus e descobrir o novo no varejo.

A poesia está entrelaçada em minha vida desde que era pequena e entremeada nesse apanhado de flagrantes que o *Parem* é. Uma colcha de retalhos bordada de personagens tão comuns pescados do mar do cotidiano, que parece coisa inventada. Mas este oceano de trivialidades pede nomes, riquíssimo mar, sem o qual nenhum romance seria possível. Ninguém escapa do cotidiano como ambiente e cenário nos quais habitam cenas simples e antológicas de nascimento, crescimento, convívio e morte.

Com o tempo, foi ficando cada vez mais claro para mim como a vida parece uma grande ficção se a olharmos pelas lentes da realidade com os sentidos a postos. Este grande filme de cenas reais é uma peça que parece com a vida, assim como a vida parece uma peça. O conhecimento, como tudo, não é estático. E o danado deste assunto só fazia aumentar em meus pensamentos. Enquanto no teatro meu dilema era como diminuir e alternar passagens e episódios a fim de reduzir as costumeiras quase três horas, aqui me livro de todas ao mesmo tempo.

Não desejo que meus pensamentos tenham razão sobre a razão de ninguém. Aprende-se na diferença de opiniões e saberes e, como em qualquer comunidade virtual, estamos aqui postando pensamentos na rede. Refletir sobre as necessidades, os motivos, as ações e sobre a qualidade do texto de nosso sujeito, do personagem central da nossa trama, é um direito garantido pelo sonho ao sonhador.

Nunca um dia passou sem que algo me fosse pela vida ensinado. Nem sempre boa aluna, muita coisa deixei escapar, mas não desperdiçaria no meu enredo o presente deste presente de agora, por exemplo. Creia-me, escrevo neste iluminado dia em que aprendi que o líquido amniótico tem som de mar, e a placenta, música de vento! Fiquei chocada, comecei a chorar. Existem coisas que aparentemente não querem dizer nada, mas fazem muito sentido. Mais que isso, foi me dada a honra de limpar e trocar a primeira fralda de um homem de amanhã! O neném que eu hoje cuidei. Um dia também fui um e, independentemente do meu saber, o gesto completa a ciranda. Salve, salve o menino que ao nascer na chuvosa noite de hoje faz deste livro seu irmão e confirma o lugar de mestre que a criança ocupa no cinema-realidade da minha vida e sem a qual muitas verdades inocentemente desconcertantes não seriam ditas aqui. Precisou este príncipe Gabriel nascer perto do meu núcleo, vizinho de minha rua, trama do meu crochê, elemento de meu percurso, traço do meu mapa, para que eu soubesse desta ancestral verdade dos sons do planeta ventre! Esta novidade antiga ressignificou a concha do mar para mim a guardar o conhecidíssimo murmúrio que há tantos anos me garante a mesma melodia, que acalma, aconselha e aquieta a alma. E digo mais, o menino cheirava à maresia. Verdade. Não era ficção. Fui eu que vivi. Posso falar, faço o papel da madrinha! Isso pode até parecer mentira, pois "fica meio inventado pegar com o nome a medula das coisas", diz Adélia Prado. Mas é assim, nomeando, que nos contamos uns aos outros, comungando prazeres e penas. Na dança das carapuças nos identificamos com pessoas e fatos de histórias, fábulas, ficções. Mas o homem antecede a lenda. Para inventá-la é que ele nasceu antes. Escutei num filme que uma obra de arte nos lembra e explica quem somos agora. Ou seja, à sua maneira, todo horror e toda beleza podem nos ler. Tudo diz de nós. Até um pôr do sol, uma lágrima, um livro. E cada vez que à mesma obra somos expostos, já somos outros e por isso a obra é outra também.

Veja bem, ao formar plateia num espetáculo em horário alternativo, num teatro de centenas de lugares, com um texto poético, monólogo com mais de duas horas que conquistou a todos, sem excluir os populares, o *Parem* desmoraliza muitos pré-conceitos. E apesar de sua forte presença poética, muito me honra que tenha sido o primeiro teatro de muita gente. Isso pode provar mais uma vez que o povo quer consideração e, romântico, consome poesia como saboreia o pão. "Eu escrevo para a Maria de Todo Dia, eu escrevo para o João Cara de Pão", assim diz seu Quintana. E eu o acompanho. Não quero escrever nem representar para uma só espécie de grupo ou gueto. Me dedico sem reservas para que minha palavra seja entendida. Nela estou e vou.

Eis um livro nascido de um improviso do palco. Foi construído sem intenção de virar escritura este que é uma conversa sem fim, viva e experimentada com públicos variadíssimos de tribos, "camadas" sociais e idades diferentes, durante quase uma década. Eu mesma custei a entender isso. Foi difícil preservá-la como conversa e terminá-la como livro. Até que pudesse compreender enfim que era possível apenas interrompê-la. O *Parem* é uma reflexão em voz alta sobre algumas cenas do espetáculo de existir, em que uma folha seca caindo no canto da paisagem tem tanta importância quanto a gargalhadinha de um bebê, um beijo, uma palavra ou um crime. Tudo se aproveita neste filme; até o "mau exemplo". E tanto viver nos remete à ficção que não foi difícil escolher títulos de cinema, TV, teatro e literatura para nomear capítulos e subtítulos das cenas deste livro. Os pensamentos daqui são abertos porque é da natureza livre dos pensamentos serem abertos, é condição do que voa. Amanhã, muita coisa deste presente já saberei melhor e diferente. De outras, discordarei talvez. Uma nova ideia ou descoberta pode desintegrar algumas certezas e fortalecer o que hoje apenas suponho e chamo de dúvida. Reunidas as versões de tantas temporadas, seu conceito se confirma, mas o assunto não se esgota. Mutante que sempre foi (pois quem afirma que a rotina é palco de estreias deve dar o exemplo), *Parem* é um trem que não para desde que partiu. Que a viagem por esta singela janela sobre trilhos e envolta em diversos cenários e paisagens lhe sirva de algum modo, nem que seja só para apresentar à mesa o tema.

O que chamamos de rotina, que também atende pelo nome vida, todo dia nos ensina com sua incessante mutação. Como hoje o fez o céu ao me ensinar a canção do dia nublado em que nascera mais um menino no mundo e este livro. Generoso, o céu pertence a todos e a cada um separadamente também. Por achar que é bom pilotar os vagões dos dias pensando assim, quis compartilhar com meus leitores — grande elenco com quem contraceno e falo — o democrático entretenimento, ao alcance de todos. Creio, não será a primeira vez que brincaremos, adultos que somos, de possíveis utopias. O que sei dizer é que tudo o que ocorre no mundo ecoa no meu coração, curioso aprendiz. Por isso, dor ou amor, guerra ou beleza, medo ou paz, tudo que peço às coisas que me circundam, beijam ou ferem, tudo o que peço aos céus a toda hora, e quase sem saber, é: Ah, professora Vida, ensina-me a viver.

Rio de Janeiro, 27 de setembro
das crianças, mimosa primavera de 2010
elisa lucinda

HORA NOVA (2022)

Café com canela

Doze anos depois, cá estamos publicando a segunda edição daquela única que houve em 2010 e que esgotou rapidamente no país. Por mistério do tempo, houve esse grande hiato entre uma e outra. O *Parem de falar mal da rotina* funciona em uma dinâmica própria, tal qual um fractal, digamos assim, da ancestralidade. Ele é independente. O espetáculo, que nasceu apenas com uma banheira no palco e com minha improvisação em cena, completa esse ano duas décadas em cartaz. Sem nunca eu ter almejado isso. Como se fosse um destino. Quem saberá? E o livro, cuja primeira edição até agora só era encontrada em sebo, foi para mim na época, também, uma grata surpresa seu rápido esgotamento numa edição de 20 mil exemplares. Uma surpresa muito considerável se a gente observar que, apesar de muitos leitores, o Brasil poderia ler muito mais. Trago depoimentos incríveis de pessoas de várias profissões. Entre elas, professores, que me param na rua, declarando o quanto esse livro foi um balizador de conceitos, autorizador de liberdades individuais, incentivador de tanta gente que tinha dificuldade de assumir sua identidade, fosse étnica ou de gênero. Tanto em peça quanto em livro, parece ser essa a vocação do que há nestas páginas: provocar transformações na micropolítica do cotidiano. Sem pretensão de ser uma verdade única. É só um olhar. Uma espécie de exercício de olhar a realidade com olhos ficcionais.

Lembro que minha ideia primeira era de apenas abordar a dramaturgia da vida e mostrar ao público nossa profusão de cenas reais que dariam uma boa ficção. Queria aqui mostrar, mais uma vez, o que a arte sabe fazer muito bem: retratar o real sob inúmeras visões, com nossos filtros ideológicos, com nossos filtros idiossincrásicos, com nossas escolhas forjadas em experiências com a vida. Há na arte a capacidade de extrair da existência lições e retratos. A arte põe o casal no palco, o banho em cena, o caso exposto na tela de cinema. Tudo sendo visto, olhado do ponto de vista ficcional nos leva a um distanciamento e a uma releitura da própria vida. Foi o que eu quis aqui. Por isso, usei nomes de obras teatrais, literárias e cinematográficas para intitular os temas de cada movimento do livro. Para tanto, nem este segundo prefácio escapou do conceito, pois quando assisti à película *Café com canela* tive a impressão nítida de me ver lá dentro, ver a nossa família, o som do nosso cabelo sendo penteado pela primeira vez na tela brasileira. Naquele momento dentro da sala de cinema, percebi o quanto aquilo me representava e, por isso mesmo, fortalecia a fé na força identitária de um povo que insiste na solução de apostar no coletivo para enriquecer a cultura de paz nesse mundo de meu Deus.

Outra coisa, assim como o espetáculo é um despertador de muita gente do público, colecionando histórias reais e incríveis, o livro também chega às pessoas com essa missão, com essa possibilidade, melhor dizendo. Porque isso não está dado previamente. Não se pode afirmar uma unanimidade sem poder realmente consultar todo mundo. Porém, de qualquer modo, o espetáculo levou muita gente ao teatro pela primeira vez, assim como o livro levou muita gente a ler pela primeira vez, ou a levar a leitura para o seu cotidiano. Tudo o que a gente quer na arte é se encontrar como espectador. A gente quer um elo com aquela leitura, uma identidade, um espelho, nem que seja pelo seu avesso. Nesse sentido, o *Parem de falar mal da rotina* parece incluir várias tribos, seu escopo varia e aborda muitos aspectos da dramaturgia do viver e aí ninguém escapa, de alguma maneira, em algum tema a gente se encontra aqui.

Quando comecei a trabalhar nessa edição revisada, minha primeira ideia era colocar tudo de novidade que nasceu nos improvisos de cena nesses doze anos. Logo depois percebi que, de tal modo, pareceria uma Bíblia de tão volumoso se assim o fizesse. E mais, sendo essa a melhor parte da revisão, percebi também na sequência o óbvio: a peça nunca será exatamente o livro *ipsis litteris*, e vice-versa. São linguagens diferentes, portanto, ocupei-me de fazer apenas esta nova edição mais completa, mais atualizada, com meu pensamento de agora.

Agradeço imensamente aos editores desta casa Record, onde tenho a maioria da minha obra publicada até agora, pela confiança, pela paciência, pelas longas esperas para que eu pudesse revisar sem descaracterizar a primeira edição, completando nela o que achasse muito necessário. E mais, sem transformá-lo em um livro muito grosso, encarecendo seu produto final. Não, essa é uma premissa desta obra, talvez uma política. *Parem de falar mal da rotina* foi criado a pedido do Amir Haddad, que queria um espetáculo para formação de público, e assim cumpri, cumpro e cumprirei. Suas temporadas são e sempre foram populares, e o livro também o é. É um compromisso cívico talvez, porque quando se faz uma obra que pode ser desfrutada por várias camadas sociais — não gosto dessa expressão, mas é assim nesse país tão desigual —, pode se fazer também uma revolução. A princípio silenciosa, mas, ainda assim, revolução.

novo outono, 2022
elisa lucinda

PRÓLOGO

Liberdade é não ter medo.
NINA SIMONE

PRÓLOGO

Termos da nova dramática

Parem de falar mal da rotina
parem com essa sina anunciada
de que tudo vai mal porque se repete.
Mentira.
Bi–mentira: não vai mal porque repete.
Parece, mas não repete,
não pode repetir.
É impossível!
O ser é outro o dia é outro a hora é outra
e ninguém é tão exato.
Nem filme.
Pensando firme nunca ouvi
ninguém falar mal de determinadas rotinas:
chuva
dia azul
crepúsculo
primavera
lua cheia
céu estrelado
barulho do mar.
O que que há?
Parem de falar mal da rotina
beijo na boca

mão nos peitinhos
água na sede
flor no jardim
colo de mãe
namoro
vaidades de banho e batom
vaidades de terno e gravata
vaidades de jeans e camiseta
pecados
paixões
punhetas
livros
cinemas
gavetas
são nossos óbvios de estimação
e ninguém pra eles fala não.
Abraço
pau
buceta
inverno
carinho
sal
caneta
e quero
são nossas repetições
sublimes e isso não oprime o que é belo
e isso não oprime o que aquela hora chama de bom
na nossa peça
na nossa trama
na nossa ordem dramática
nosso tempo então é quando.
Nossa circunstância é a nossa conjugação.

Então vamos à lição:
gente–sujeito
vida–predicado eis a minha oração.
Subordinadas aditivas ou adversativas
aproximem–se!
É verão
é tesão!
O enredo
a gente sempre todo dia tece
o destino aí acontece:
o bem e o mal
tudo depende de mim
sujeito determinado da oração principal.

I. Mistério de uma chama

Para o desejo do meu coração
o mar é uma gota.
ADÉLIA PRADO

Discreta, intermitente e luminosa, a chama tremula e ninguém vê. Brilha. É o presente. Está agora escrevendo estas linhas. Ocupa-me disso, deste ofício, derramando minha atenção e foco para o presente que realizo agora. Não se pode fazer nada ativamente no tempo passado, só nos resta o seu resultado e nossa elaboração e reelaboração do vivido. E o futuro, este sonho, este projeto, esta bruma, este delírio, esta utopia, esta esperança, esta espécie espacial de imaginação só existe quando ainda não chegou e na cabeça do presente. Este de agora em que me movo por dentro para ocupar-me intensamente desse presente e do estado de estar viva. É silenciosa e secretamente que a vida pulsa. O que se transmuta o faz todo dia, a cada segundo de modo quase invisível.

Há, entre nós e as coisas, várias cortinas que cobrem os acontecimentos do céu, formando em silêncio negras nuvens. Ao mesmo tempo, há a germinação de uma onda do mar, de um ser, de uma flor; ou a verdade de um sol ensolarando num dia imenso sem produzir um som com tamanha luz. Discreto, o processo intensivo de transformação que o viver é nos prova que nada é fixo. E que "tudo muda o tempo todo no mundo". Só de isso ser verdade já é matéria de poesia no meu coração.

Se há alguns segredos do bem viver, um deles é essa sensação de, além de lutar, poder aproveitar a viagem e estar também na vida a passeio. Curtindo bem a existência. Há muita graça em partes importantes da luta.

Na grande palma da mão do mundo as linhas de vários destinos e caminhos não cansam de se cruzar. Cada vida dá um livro, uma peça, um filme e, além da nossa vontade, alheios às nossas escolhas, sopram também em nosso jardim os ventos do imprevisível.

A vida dos outros — O hábito de reparar

De todo modo, ao transitar nos labirintos aparentemente óbvios do cotidiano, pode haver fabulosos espantos na visual calmaria ordinária do trivial. Desse encanto me valho para, a partir da mais privada posição, visitar o acontecimento do que me rodeia, que, por sua vez, carrega sua privacidade também.

Para manter acesa a chama do meu verso e o meu ofício de artista, preciso funcionar, no mínimo, sobre três pilares: o primeiro deles é o hábito de reparar. Gosto muito de reparar. Quando chego na casa das pessoas e elas me pedem: "Elisa, não repara, não", respondo: "Não me peçam isso. É mais forte do que eu." Adoro mesmo reparar. Na rua, ao ver pessoas atravessando o sinal, ali no meio da avenida central da capital, fico imaginando todo mundo transando, se eu quiser. Aqui dentro da minha cabeça, o pensamento é livre mesmo. É muito interessante alcançar esta liberdade, poder olhar a vida como um filme. Acho que todo mundo é capaz de perceber um script, um roteiro de cinema, de novela, um texto de teatro no beabá dos nossos dias. A gente até fala, usa esta expressão na vida: "Aconteceu uma cena lá em casa, minha filha." Vejo a vida então como essa obra aberta que é, cheia de cenas. Gosto de brincar de perceber no outro meu espelho em semelhança e diferença.

Não sei dizer exatamente o que ocorre ao meu coração, mas desde menina que trago no olhar esse espanto pela vida. Um espanto bom, uma espécie de encantamento que não deserda as coisas simples de seu poder. Pelo contrário, crepúsculos vizinhos, flores, beijos, comidas, crianças, pequenos gestos e afetos estão na mira com igual importância desde que me entendo por gente. A partir daí, talvez pela mão da poesia, as cenas humanas passaram a mais que me espantar, a me comover. Minha brincadeira de adulto é desfrutar desta dramaturgia de existir como plateia e como personagem atuante na trama da vida. Acho que a poesia é uma das artes que fotografam o acontecer. Captam-no para que se nos revele. Nunca esqueci quando uma vez, na Zambézia, eu refletia, diante de um mar muito familiar de azuis, sobre a dificuldade que na época, e até hoje não é muito diferente, se tinha de colocar a poesia num programa popular, enfim, como conteúdo de uma grande mídia, principalmente nos programas dominicais de TV com auditórios.

Me vi às voltas, algumas vezes, com a inútil tentativa de criar uma estratégia para que, depois de muito esforço, eu pudesse enfim falar um poema na TV. Havia aqueles, mas eram raros. Me ocorreu que em toda parte, dentro e fora do Brasil, era, e é ainda, costumeiro que me perguntem sobre a origem da poesia na minha vida, querem saber das gêneses de tal arte em mim, via-se nessa hora uma lâmpada na minha cabeça. Claro, pensei, vou fazer um poema para responder a essa usual pergunta. Então percebi que sempre gostei de reparar. Agora ali, diante da belezura do mar zambeziano em Quelimane, munida de um caderninho em forma de bolsa de mulher, ofertado por meu amigo Pedro Cézar, comecei a escrever "Uma lembrancinha do tempo". Como qualquer experiência existencial, cometer um poema é misterioso abismo, mas confiamos plenamente na estrada que estamos construindo. E fui escrevendo aquilo, a princípio para depois responder aos jornalistas, só isso. O plano era quando alguém me perguntasse a pergunta-mote, eu, com a poesia devidamente memorizada, a responderia em tom de conversa. Caí na floresta da inspiração e fui compondo a ciranda, acabei encontrando uma explicação para a poesia. Eta doideira de vida! Eis o poema e está publicado no livro *A fúria da beleza*.

Uma lembrancinha do tempo

Desde pequena,
a poesia escolheu meu coração.
Através de sua inconfundível mão,
colheu-o e o fez
se certificando da oportunidade
e da profundeza da ocasião.
Como era um coração ainda raso,
de criança que se deixa fácil levar pela mão,
sabia ela que o que era fina superfície clara até então
seria um dia o fundo misterioso do porão.
Desde menina
a poesia fala ao meu coração.
Escuto a prosa,
quase toda em verso,
escuto-a como se fosse ainda miúda e
depois, só depois, é que dou minha opinião.
Desconfio que minha mãe me entregou a ela.
A suspeita, a desconfiança podem ter sido fato,
se a mão materna, que, já aos onze,
me levou à aula de declamação
não for de minha memória uma delicada ilusão.
Desde pirralha e sapeca
a poesia, esperta, me chama ao quintal;
me sequestra apontando ao meu olho o crepúsculo,

fazendo-me reparar dentro
da paisagem graúda
o sutil detalhe do minúsculo.
Distingui pra mim a figura do seu fundo,
o retrato de sua moldura
e me deu muito cedo a
loucura de amar as tardes com devoção.
Talvez por isso eu me
entrelace desesperada nas saias dos acontecimentos,
me abrace, me embarace às suas pernas
almejando detê-los em mim,
querendo fixá-los, porque sei que passarão.
A poesia que desde sempre,
desde quando analfabeta das letras ainda eu era,
me frequenta, faz com que eu escreva
pra trazer a lembrança de cada instante.
Assim até hoje ela me tenta e se tornou
um jeito de eu fazer durar o durante
de eu esticar o enquanto da vida
e fazer perdurar o seu momento.
Desse encontro eu trago um verso como
um chaveirinho trazido dum passeio a uma praia turista,
um postal vindo de um museu renascentista,
um artesanato de uma bucólica vila,
uma fotografia gótica de uma arquitetura de convento,
uma xicrinha,
um pratinho com data e nome do estado daquele sentimento.
É isso a poesia:
um souvenir moderno,
um souvenir eterno do tempo.

Reparemos pois: está tudo aí e nada se repete. O ato de reparar a coisa se dá como se colocássemos uma lente sobre esse invisível que a gente despreza, este varejo do cotidiano que a gente desconsidera e trata em bloco, como se fosse mesmo um bloco só, de igual conteúdo, formado pelo conjunto de dias que, em separado, atende pelos nomes de: segunda, terça, quarta, quinta, sexta, sábado e domingo. Cada dia é único, irrepetível e intransferível. Cada palavra dita é sempre uma estreia e uma despedida. Um gesto é sempre a primeira e a última vez que o fazemos. Jamais voltará a acontecer na mesma realidade cronológica, geográfica e emocional em que se deu. No gesto de amanhã nem eu serei o que sou hoje, serei outro, como o meu gesto. Então me ponho a apreciar o mundo e esta sua inédita dramaturgia diária. Ao nosso redor, o mundo desfila suas imagens e ocorrências, mas são tantos os nossos códigos e cisões que muitas vezes não acessamos esses mundos paralelos, isto é, o mundo dos outros.

Enquanto vivemos podemos, na imaginação, nos distanciar e observar o outro e ao mesmo tempo interagir com ele. Cabe ao bicho homem desenvolver e aprimorar sua visão periférica. E quando vivemos muito focados em nosso objetivo de vida, no cumprimento de nossas metas, tendemos a perder o espetáculo, geralmente gratuito, que a vida, repleta de ações nossas e dos outros habitantes do planeta, nos oferece.

Para mim, que tenho compaixão pelo ser humano, me comove vê-lo entrar na farmácia e comprar um monte de vitaminas porque quer durar neste parque de diversões que é estar vivo. Me comove a moça que passa a hora do rush na fila do ônibus. Reparando bem, vê-se que ela bem poderia chamar-se Yolanda e que deve estar indo para o subúrbio, olha lá. Eu gosto do subúrbio, acho o subúrbio tão desimpedido. Acho de uma dignidade. Tem muita fofoca, mas tem gentileza e solidariedade. O subúrbio não é bom pra solidão de isolamento. Namora o Jaime às quartas, sábados e domingos. Tem seus sonhos. Como a beleza de Yolanda combina com prateleiras ao fundo, penso que ela trabalha como caixa no supermercado. Dá-me uma súbita vontade de ir com ela, ver como vive, que música toca na casa dela, que tipo de comida, que cheiros exalam daquela culinária.

Às vezes me dá isso. Vontade de ser, por um momento, o outro. Só pra experimentar a aventura de ver as coisas de outro lugar, sob o signo de outras culturas. Ora, se a imaginação me garante a possibilidade de viajar na história que suponho, inspirada no que vejo, não vou ser boba de perder a oportunidade. Então imagino a valer. Mentalmente, visito a intimidade de quem eu quiser. É liberdade minha, direito meu e de todo cidadão, sem invadir, sem ofender nem ferir ninguém. Agora, quando espalhamos essa subjetividade sobre o cotidiano, podemos nos dar conta de sua inexatidão. Tudo está acontecendo a cada instante pela primeira vez, e olhos menos observadores podem viver sob a triste ilusão de que a vida se repete. Senhoras e senhores, nada é fixo e viver é transformar-se. Fixar-se é enrijecer-se e ser atropelado pela continuidade do rio da vida. Sua correnteza nos leva do passado ao futuro, pedindo de nós extrema atenção no tabuleiro do presente. Sem travar a brincadeira.

Ai, o ser humano, tão bonitinho que é com seus embrulhinhos, com suas sacolinhas! Passa na farmácia, passa na padaria. Qual será o seu enredo? O que carrega? Alguma homossexualidade? Alguma amante? Algum segredo? Vai saber. Às vezes a pessoa passa a vida no armário com seu verdadeiro eu. Escondidos, porém separados, a viver um caso de amor impossível consigo mesmo. Será ele um bom homem, honesto cidadão? Será rico, pobre, careta, doidão? É casado, tem muitas amantes? É certinho por fora e tem por dentro uma vida errante? É capaz de violências domésticas, embora seu terno seja muito elegante? Lá vai ele variando em gênero, número e grau, formando com os outros a comunidade dos que estão vivos neste planeta e seguem para a frente. Lá vai ele, cheio de sonhos, e isso aperta meu coração.

Tenho muita compaixão pelo ser humano. Também sou um. Somos os heróis da nossa história, os mocinhos, até quando somos bandidos. Nos vemos como mocinhos. O herói percorre as propostas do duro jogo da vida e tem que dar conta dela. Homens, mulheres, e todos os gêneros que existam, a todos a professora Vida exige coragem. Nas difíceis matérias, mas que pra nós é diversão. O herói cheio de sonhos na cabeça quer passar entre espinhos, com o lume do sonho na mão. Somos eu e você querendo ser felizes. Todo mundo, até o menino que rouba no sinal. Até do seu jeito torto tem o desejo de ser feliz, que é o natural. Em qualquer canto, em qualquer beco, em qualquer palácio, em qualquer viela há um herói da própria história com sua capa de estrelas, seja no reino, seja nos arredores da casa grande moderna, ou seja, nas contemporâneas senzalas, as favelas. Na escritura que se denomina livro da vida escrevemos nossa história. Pena que a injustiça embaralha o jogo e, não dando as mesmas chances para todos, sacrifica a inocente gente que se vê sem oportunidades para sonhar suas estrelas.

Tenho compaixão pelo ser humano. O confuso. O errôneo. O perdido. O errante. Mas também o agregador, o tribal, o que não esqueceu as lições dos ancestrais povos originais que não entendem nada que não seja comunitário: a dança, o plantio, os rituais, os cantos, as caças, são episódios coletivos, felicidade individual ali é meio incompreensível. Esse homem que ama e passa a vida espalhando a potência de seu amor é antibélico, e cobre os danos das guerras.

Orelha indiscreta

O segundo hábito que funciona em minha vida como mantenedor do lume do meu verso é praticamente uma tradição que venho cultivando desde criança: o costume de escutar a conversa dos outros. É muito bom! Deste modo também se colabora com a humanidade. A vida alheia me interessa muitíssimo! Antigamente, eu pensava que era uma pessoa enxerida. Não sou. Hoje, entendo que o que sou é solidária. É diferente. Penso que posso ajudar em alguma coisa, sei lá. Vai saber o quê! E tem mais, se a pessoa me der uma trela, uma oportunidade, até entro na conversa, sem ser convidada.

Você há de concordar comigo, olhe a situação: você está num coletivo — avião, trem, metrô, ônibus (ninguém comenta, mas avião também é coletivo) —, o indivíduo, que pode ser qualquer um de nós, inclusive você, está absorto, pensando na mulher, no cachorro, na filha, no orçamento, no namoro, na tese, quando, de repente, uma conversa chega até você. Você não fez nada pra escutar, não. Você é vítima e passiva até então. Pois o tal diálogo, como uma navegação cheia de palavras, veio pelas ondas do ar e você foi incluído no curso das coisas... Seu pensamento imediatamente pensa o seguinte: Bem, já que o pensamento é meu mesmo, depois continuo pensando o que estava pensando. Mas, agora, meu foco é o pensamento alheio que estou escutando.

Muitas vezes, dentro daquele diálogo, há um dilema, dilema esse para o qual você pode até ter a solução. Para confirmar isso, um dia, dentro de um desses coletivos urbanos, a conversa que chega até você é a de uma mulher com o marido: "Ai, meu amor, estou tão aliviada, tão esperançosa com esse professor de matemática que veio de Brasília. Veio pra cá, lá de São Paulo, parece boa gente, dá essas aulas de química e física particulares e, graças a Deus, nosso filho vai resolver essa dificuldade. Ai, ele é tão educado, tão gentil, esse tal de professor Romualdo Guedes." Romualdo Guedes? Você conhece esse nome. Sua prima mora em São Paulo e a colocou a par da vida desse monstro: é um professor pedófilo! Veio para o Rio de Janeiro achando que o Rio era terra de ninguém. E o que você vai fazer? Vai se calar? Não, porque não falar é omissão de socorro até. Qual é a sua obrigação? Se meter.

Outra coisa importantíssima: não ande depressa se não estiver com pressa. Pode acontecer de perder o desfecho de uma conversa, como aconteceu comigo ontem. Estava andando muito apressada na avenida Paulista, no coração de São Paulo, quando, ao cruzar com um casal, ouço esta parte do diálogo: "Laura, a gente vai se separar se você não me der o..." Segui meu caminho e, à distância, o som dos carros não permitiu que eu pudesse saber o complemento exato e certo daquele diálogo entre o casal. Jamais saberemos. É frustrante ficar sem o desfecho. Que vontade de voltar à cena para escutar o final, para entender a exigência dele. Sei que fiquei uns quatro quarteirões naquele pensamento alheio, querendo adivinhar o enredo dos amantes. Pensava: Ô, meu Deus, o que será que essa mulher tem que dar pra esse homem pra esse casamento não acabar, Senhor? Aí me apeguei com Deus e comecei a orar: Meu pai, ao Senhor no teu poder eu peço, por favor, não deixe esse casamento acabar por causa de um cu, Senhor. Com o indicador e o polegar da mão direita, fiz o gesto redondinho pra ver se Deus entendia melhor meu pensamento. Há, porém, fragmentos de conversas dos quais basta ouvir uma só frase e já compreendemos a peça toda. Como outro dia numa loja ouvi a filha adulta falar bem alto para uma senhora que a acompanhava: "Mãe, eu não fui arrogante com ela, eu só botei ela no lugar dela." Entendi tudo. Enxerguei o abuso.

Ah, outra coisa, você tem que ter noções básicas de física e geografia se quiser obter uma boa escuta. Pois o que é que traz a palavra? O vento. Então deve-se ficar em posição de recebê-la. Há mais uma coisa muito importante para quem gosta de escutar conversa dos outros: é melhor que a pessoa seja inteligente e tenha mentalidade para poder relacionar o que escuta do outro com o que sabe de si e da vida. Infelizmente, é raro escutar uma conversa inteira! Quem escuta sabe. É uma luta. Então, o que se tem que fazer? Com os poucos e parcos dados que conseguir pescar, fazer daquilo um roteiro lógico, decente, senão não se tem nem condição de repassar a informação para o colega. Ainda bem que há situações destas que nos brindam com uma boa vitrine perto, uma banca, um motivo para a gente interromper o percurso, parar e disfarçar a fim de escutar a conversa alheia em curso. Importante também se faz que não se invada o objeto escutado. Privacidade é um assunto ao qual todos têm direito e quem escuta tem que ser discreto e respeitador. Não vale invadir o mundo íntimo do outro. Ele não precisa saber.

E o vento trouxe...

Uma vez, eu na praia, de férias, à paisana, ou seja, não estava escutando nada. De repente, aquele calorão do Rio de Janeiro de quarenta graus, verão radiante, pensei: Vou cair na água, tomar um bom banho de mar. Fui decidida. Quando me preparei para dar o mergulho, ainda com os braços no ar, o vento trouxe o texto. As vozes eram de duas senhoras que eu não tinha visto ainda. Estavam no canto direito da minha praia, com seus maiôs estampados, sua conversa cúmplice de antigas amigas. Uma falava o nome da outra, mas a outra não falava o nome da "uma", de modo que eu tive que botar o nome desta de Odete, para não me perder no roteiro. Então, quando eu já tinha o corpo em forma de arco, inclinado, alinhado para o tibum, ouvi Odete dizer: "É, Nair, tudo ia muito bem até aquela peste ir morar lá." Imediatamente pensei: Não posso cair agora, se mergulhar agora, vou ficar totalmente perdida no assunto, vou desorganizar minha praia toda. Então, dei uma espécie de ré na ação: recolhi os braços, reergui o corpo e desisti do mar naquele momento. Voltei e escutei o seguinte: a peste que foi morar lá era casada com Claudionor, filho de Odete. Essa menina era uma menina nova, mas uma menina veterana. Pelo que entendi, tinha arrepiado as estruturas daquela família e "frequentado" todas as gerações da casa.

Só escutei até aí, mas não importa o final da história. "É cada um com seu cada qual", como dizia minha vó. Importa é que quando a gente escuta a conversa alheia baixamos a nossa bola, vemos que somos iguais em muitos tópicos. O que ouvimos nesse grande interlúdio, nesse grande tabuleiro de conversações que é a humanidade, é um espelho do que somos, do que tememos, do que queremos ser, do que ganhamos, do que tentamos, do que perdemos e do que aprendemos com a história do outro, com a palavra dele. Todo mundo quer ser feliz, todo mundo é sonhador, lutador, errático; todo mundo quer amar, todo mundo quer ser amado, todo mundo contrai dívidas, todo mundo quer fazer algum desenho no papel da vida. Tão bom saber que tem mais gente "fodida", não é? Esta percepção traz um alívio, invade uma paz no coração essa constatação! Senão a gente fica achando que é uma questão pessoal, que coisas ruins só acontecem com a gente e não com os outros. Mas não é. Se existe uma coisa realmente democrática na dinâmica da existência é a possibilidade democrática que todo mundo tem de se dar mal a qualquer momento. Então a gente vê que não está só nesta caminhada por este mundão de meu Deus.

O homem nu

Já o terceiro ponto daqueles três pilares é viver desfrutando da consciência real e constante de que todos nós somos, a princípio, cidadãos de primeira classe. Todo mundo naturalmente o é. Se você teve a possibilidade de uma vida digna, se teve alguém que cuidasse de você, uma casinha, comidinha, escola, você, genuinamente, é um cidadão de primeira classe. E há muitos que nada disso tiveram e, no entanto, se reinventaram em valentia, bondade, generosidade e altruísmo, sabe Deus como. Portanto, todo homem é presumidamente de primeira classe, bem como presumidamente inocente. Até prova em contrário.

Ocorre que este conceito está tão contaminado, tão referenciado em grana e posição social que se considera gente de primeira classe só quem é rico, famoso e/ou quem tem poder, como se estas circunstâncias conferissem um lugar de superioridade por um determinante material quando, no fundo, sabemos que pode não ser assim. E é tão infantil o pensamento de que sou de primeira classe e você é de segunda classe! É tão ridículo que fico observando, por exemplo, pessoas que só viajam de primeira classe no avião. Em alguns voos internacionais, já flagrei as personagens que estão na primeira classe da aeronave a olhar para a classe econômica como se elas fossem de primeira classe e as da classe econômica fossem de segunda classe. Viajam ali, separados por uma simbologia boba, pela cortina e pelo preço, como se um dia, caso o avião descambasse, só caísse a classe econômica! Ora, um homem quando está nu é igual ao seu semelhante. Sua condição de necessitante de comida, bebida, saber e amor é igual à do outro. Variam doses e porções, mas não se prescinde do verbo necessitar. O homem nu é o homem real, despido das ilusões separatistas.

Daí, estendamos um olhar para os nossos auxiliares domésticos, as pessoas que trabalham bem próximas a nós, os funcionários que cuidam do nosso lar, cuidam da nossa comida, essas são pessoas que têm com a gente um laço diferente. Podemos pagá-las dignamente, mas a natureza do vínculo é de laço; claro que é laço afetivo e trabalhista, mas é laço. Estas pessoas frequentam nosso quarto, lugar que pouca gente frequenta, têm acesso direto ao nosso lixo fresco, acabado de se formar. Falo daquilo que a gente não leva para a festa. Veem os vestígios de nossos fetiches e estilos privados espalhados pelos cantos; testemunham sons e rastros de nosso romance, lavam nossos lençóis de amor, sabem como foi a noite, ou como a noite não é há muito tempo. Estão de camarote diante do espetáculo de nossa intimidade. Em contrapartida, o que sabemos destas pessoas? Nada. É bom que saibamos quem realmente é aquele ou aquela a quem confiamos a feitura da comida da família. Se põe carinho ou raiva no tempero. Se é feliz, se não é, se apanha do marido, se bate no filho, onde é que mora, se está com saúde, se faz exame ginecológico preventivo (pode ser que com nossas supostas relações sociais possamos interferir e saber por que não há esse serviço médico onde mora nossa funcionária doméstica e influir). Enfim, quem é essa pessoa a quem confiamos nosso palácio? Em qualquer classe social a casa da gente é o nosso palácio. Lá, se pode andar pelado, beber água no gargalo, lá estão nossas bebidinhas, nossos cigarrinhos, nossos chazinhos, nossas manias, nosso travesseirinho babado. É bom que exerçamos intimidade com a pessoa a quem entregamos a chave do nosso lar.

Enquanto oferecemos nossa bajulação aos poderosos, enquanto a humanidade sopra os ciscos dos ternos da elite que manda e paga, aos invisíveis anônimos essa mesma humanidade oferece seu desprezo. Não cumprimentamos os que prestam serviços fundamentais ao nosso mundo. A moça que limpa o banheiro da rodoviária, do aeroporto, o faxineiro dos bares. Quem são? Pelo que sonham? Em matéria de sonhador não tem "esse" mais que aquele... Só quem vê a estrada é o sonhador. O sonho é tesouro para seu dono. Como sonhar é um romântico sinônimo para a palavra "planejar" risquei neste poeminha um pouco do que penso de sua importância.

A conta do sonho

Quanto custa um sonho?
Alguma coisa ele sempre custa,
muitas vezes muitas coisas ele custa,
outras vezes outros sonhos ele custa.
Não importam os percalços, os sacrifícios,
os espinhosos enredos.
Não importa,
uma vez vivido,
o sonho está sempre num ótimo preço!

Pois mesmo assim, mesmo sabendo que o papel de sonhador nos iguala como humanidade, principalmente através de desejos individuais que não firam a coletividade, há aqueles que tomam seu habitual cafezinho sagrado numa padaria de toldo amarelo ao lado do seu trabalho há muitos anos; o dono já sabe que ele gosta no copo e forte. Mas o indivíduo chega sem olhar, se senta sem cumprimentar e, talvez, até estenda uma impessoal gorjeta religiosamente ao empregado ou empregada e não saiba como é a cara de quem o serve todos estes anos, e que sabe o seu gosto. Este indivíduo lê naquele balcão as notícias no celular para ficar antenado com o mundo, com o dia e não vê quem o atende, ali, no seu nariz e ao seu lado, na realização do seu banal desejo. Também, repare bem, nem pensamos nestes desconhecidos de confiança a cujos serviços estamos expostos. Podem nos envenenar se quiserem. Quem são? Como dormiram? O que tomaram? O que beberam ou ingeriram ou consumiram? Na intimidade, quem é o cozinheiro que não vemos, o médico da emergência na hora de nossa crise ou numa hora desacordada? Quem são os que fazem os remédios, controlam os voos, tratam nossos cabelos, pegam nossas crianças no colégio? O que sabemos ou podemos saber dos que dirigem nossas conduções, fazem curativos em nossos machucados, nos dão aulas, reformam nossa casa, preparam nossos lanches nas inúmeras paradas da estrada da vida?

Claro que não dá para se dar a conhecer e conhecer todo mundo, mas sei que, sem trocar saberes e impressões, vivemos em nossos invisíveis viveiros ambulantes focados em nossa meta e em nosso objetivo como se nada mais importasse. Sem que a gente perceba, esta atitude nos isola de tal maneira que nem usufruímos da glória de contar, de existir para os outros que também caminham na multidão. Por onde ando, o filme da vida não cansa de passar pelos meus olhos.

O bom de quando nos damos conta donde estamos inseridos e de que, efetivamente, ter mais dinheiro não nos faz melhor do que os outros, é que a gente passa a entender que pertence às diversas comunidades: dos que andam na rua, dos que vão aos supermercados, à praia, à igreja, ao colégio, ao futebol.

Seguindo as ideias de Jacques Rancière, a igualdade é da nossa natureza. Se nos despirmos dos códigos que nos etiquetam em categorias, somos pobres humanos (e dessa condição, ricos), de iguais direitos e deveres. Quando estamos nus, diante de nossas necessidades comuns, somos naturalmente iguais, ou seja, a desigualdade é uma ficção. Ninguém é superior ao outro porque é mais rico ou mais instruído. Inventamos estas diferenças que nos desunem e categorizam. Há, segundo este mesmo filósofo, o mestre ignorante que todos somos ou podemos ser. Todo homem é capaz de aprender e ensinar. Por observação, experiência e conclusões da inteligência. Muitas vezes é o homem mais comum quem completa minha instrução, ilumina minha oficina do pensamento, afina mais minha razão aos motivos do coração.

Numa manhã clara de um azul ensolarado e carioca, sentindo o cheiro longínquo de praia nas narinas, eu seguia num táxi para o aeroporto, donde partiria para Sampa. "Vou trabalhar, o senhor vê, num domingo desse", comentei com olhos gulosos que imaginavam biquíni, sal e mar. Este homem que me conduzia, com fina sabedoria, me respondeu para que eu aqui sua palavra propagasse: "Pois somos dois. Dois trabalhadores dominicais! Pronto. Mas, filha, há aí dois louvores: primeiro, por termos trabalho; segundo, por termos saúde pra realizá-lo." Ao final, me disse: "Sabe o que mais? Eu gosto de seus poemas. Não estudei muito, mas tenho DISCERNIMENTO." E quando disse esta palavra, o fez com letras maiúsculas, em caixa alta, eu senti. Nunca vou esquecê-lo. Seu nome, me lembro, é Ideuzete. Me fez mais completudes naquela manhã, o homem sábio ensinando-me a viver enquanto nos conduzia num táxi amarelo, parecendo a todos que, pelas aparentes posições, eu era "maior" que ele. Equívoco da divisão de classes. O homem é que era meu professor.

Na horizontalidade, se repararmos bem, hibridamente, há muitos companheiros na viagem, vivendo, como nós e ao mesmo tempo, as mesmas mazelas e glórias da grande viagem da vida. No mínimo pertencemos a esta comunidade global, a que vai. Ao pertencermos, nos comparamos e nos reconhecemos. Pertencendo, somos menos sós. Realmente, não estamos sós no vagão, nem há vagões sem trem. Nenhum homem faz sozinho a travessia de seu tempo.

O inexato

Que o mundo é sortido
toda vida soube.
Quantas vezes
quantos versos de mim em minha'alma houve!
Árvore, tronco, maré, tufão, capim, madrugada, aurora, sol a
[pino e poente,
tudo carrega seus tons, seu carmim.
O vício, o hábito, o monge,
o que dentro de nós se esconde,
o amor,
o amor...
A gente é que é pequeno
e a estrelinha é que é grande.
Só que ela está bem longe.
Sei quase nada, meu Senhor,
só que sou pétala, espinho, flor.
Só que sou fogo, cheiro, tato, plateia e ator,
água, terra, calmaria e fervor.
Sou homem, mulher,
igual e diferente de fato.
Sou mamífero, sortudo, sortido, mutante, colorido,
surpreendente, medroso e estupefato.
Sou o ser humano, sou inexato.

A miséria da riqueza ou O podre de rico

A ideia de riqueza permeia o imaginário da civilização como uma ideia muito próxima da felicidade; no entanto, as grandes mazelas e tragédias emocionais que ocorrem num lar rico, por não chegarem aos jornais, continuam manchando na prática o conceito de que dinheiro traz felicidade, mas não nos damos conta. Ao não identificarmos como riqueza a riqueza que não tem preço, como o amor, a gratidão, a confiança, a boa palavra na hora exata, corremos o risco de passar a vida de olho no ouro, mas perdendo a fortuna. Hilda Hilst diz que "É de outro amarelo que vos falo". A poeta está empenhada em mostrar a cauda dourada dos afetos, do que realmente nos nutre e tem importância durante toda a vida. É pura ingenuidade imaginar que não tem violência doméstica na classe alta, que tais famílias não têm de lidar com estupro, pedofilia, depressão, suicídio nos tapetes persas do seu foro íntimo. Quando saberemos, quando vai dar nos jornais que o patriarca se matou na sala, em cima do tapete? "Logo aquele tapete. A gente trouxe de Bali, vou te contar, tanto lugar para morrer, meu marido inventa de cair logo ali, manchando tudo. Aquilo é uma obra de arte. Parece que fez de propósito; se ele não tivesse morto, eu matava ele."

Quando se está morrendo, o que queremos? Uma carteira cheia de dinheiro ou um último beijo? A resposta devia nortear toda uma vida porque, no final, acaba por defini-la. Quando fui visitar minha amiga Beth Carvalho no hospital, havia nove leitos de semi-CTI num domingo. Dos nove, vi uma única filha à beira de um velho moribundo no leito e, fora o quarto da Beth Carvalho, apinhado de amigos, não havia nenhuma visita nos outros. E era domingo. Parentes os colocaram ali, pagam os custos e os abandonam. Outros discutem já o testamento da velha senhora, outros brigam porque ninguém quer visitar a mamãe, e se meu irmão mais velho não foi, então por que tenho que ir? Essa é a miséria da riqueza que ninguém comenta. Acho que daí vem a expressão "podre de rico". Tem muito dinheiro e não tem saúde. E não consegue comprá-la. A ambição desmedida é uma doença. O cara não consegue parar. Não consegue responder: "Você está me oferecendo uma propina de 2 bilhões. Mas não precisa, eu já tenho 50 bilhões." Não, ele não consegue dizer isso. Além do que, ele já tem doze lanchas e vai comprar mais um iate maravilhoso que viu na Grécia. E goza por isso, mas murcha outra vez ao perceber a superficialidade com que a felicidade, a tão alardeada "felicidade", tocou seu coração pelo novo brinquedo de luxo, mas já partiu. É hora de comprar outro. Na miséria da riqueza, o avô desembargador e pedófilo não pode aparecer no jornal, acabaria com a reputação da "nossa" família. "O melhor é mandar Leandrinho morar com tio Fortunato em Paris e esquecer isso, gente." Passam a vida escondendo podridões, os podres de ricos. Fernando Pessoa diz mais ou menos assim: Hoje acordei com mais pena dos ricos do que dos pobres. Eu adoro os pobres, mas é que eles ainda são um pouco mais felizes porque pensam: Ah, se eu fosse rico, 90% dos meus problemas acabariam, minha vida seria um céu. Mas os ricos, os ricos sabem que, na real, a felicidade não está à venda. E que, em geral, costuma não se fixar no colo do verbo ter.

Eu estava no Baixo Gávea, no Rio de Janeiro, quando vi um jovem descer agressivamente da moto como se estivesse não chegando, mas desistindo de partir — como quem volta para brigar. Dirigiu-se ao garçom, um senhor negro de cabelos brancos, funcionário dali há quarenta anos. O rapaz de uns 20 e poucos anos, branco, com pinta de galã clichê, riquinho da zona sul. Tudo isso eu li no andar do moço que viera voando na sua moto de 2 mil cilindradas acreditando piamente numa vida Star Wars.

— Você tá pensando o quê? Que eu vou pagar sozinho? Meus amigos foram embora e eu vou pagar tudo? Ah, tomar no cu!

— O senhor, por favor, me respeite, eu estou lhe cobrando porque o senhor é o último a sair de uma mesa em que havia oito pessoas e que não me pagaram anteriormente, o senhor me entendeu? Não é pra xingar, brigar, ofender.

— Tu é um merda, entendi que tu é um merda. Deve morar num barraco e não tem onde cair morto.

O garçom foi chamar o gerente, mas eu paro a história aqui porque esse recorte me basta para pontuar que o pobre menino rico tinha certeza de que valia mais do que o garçom trabalhador. Esse rapaz desrespeita a vida de pessoas negras e de pessoas pobres desde criança, desde sempre, sua árvore é escravocrata e a escrotidão de desprezo pelo ser humano é de berço, tradição de família.

Na mesma semana, fui dar uma aula e fiz mais café do que devia, sobrou também um bolo de fubá praticamente inteiro. Olhei para aquela fartura, a garrafa com mais que a metade cheia de café e não titubeei: embalei o bolo de fubá cortadinho, passei manteiga nos biscoitos de sal, peguei garrafa e xícaras e fui entregar ao Wellington. Ele mora na calçada da minha rua. Tem lá seu colchãozinho, morador da via pública. Em geral, os moradores em situação de rua gostam de deixar claro que não são ladrões nem assassinos só porque moram na rua. Apenas não pagam impostos, não conseguiram pagar os aluguéis, não conseguiram trabalho, foram abandonados por pobreza ou por doença psíquica. Wellington é um rapaz que não trabalha para o que o país chama de desenvolvimento, ele não está incluído nesta máquina, é subcidadão. E está morando numa calçada da zona nobre da cidade, perto da praia.

— Pra mim? Você tá de brincadeira: uma garrafa de café quentinho, com um bolinho e tudo, café já adoçado?!? Rapaz! Brincadeira, e esse friozinho, onze horas da noite? Quem falou que a vida é ruim? Obrigado, meu Deus, obrigado.

Me despedi enquanto Wellington olhava devoto para o céu, quase de joelhos diante do tesouro das pequenas grandes coisas. Um dia, dei roupa pra ele.

— Gostou?

— Ó, sem querer abusar, eu adorei a roupa, o sapato, até a mala que veio com as coisas eu gostei, mas eu queria pedir mais uma coisa, se não for abusar.

Nessa hora fiquei pensando: vai me pedir dinheiro, afinal eles têm também que comprar coisas. Uma comida de amanhã, por exemplo. Se eu der pra ele dez reais, não vai me fazer falta na proporção que a ele vai servir. É por isso que existe riqueza, eu disse para o meu amigo ator brasileiro que vive na Holanda e que estava ao meu lado nesta hora. Só existe pobreza porque existe riqueza. Existe o excesso, as coisas que não usamos e não jogamos fora. Não sou católica, não quero lugar neste tão alardeado céu. Quero ser boa aqui na Terra, quero ser coletiva e "o ser humano é a minha matéria", como diz esse verso de Solano Trindade.

— Sim, pode falar, Wellington.

— A senhora não leva a mal, não (nesta hora me chamou de senhora pela primeira vez), mas se tiver uns livros usados lá que a senhora não queira mais, se a senhora puder arranjar, eu vou agradecer.

— Livros? Tenho muitos.

— É para eu vender na porta do metrô. Eu leio antes, os que me interessam, e vendo. Eu moro na rua, mas os livros me fazem mais feliz dos que muitos que tem casa e nunca leem. Com o livro a gente viaja sem sair do lugar.

Concordei com ele, me despedi do meu amigo e voltei pra casa segura de que o ser humano é que é a grande riqueza. Uma das últimas coisas que meu pai me disse, no auge dos seus 96 anos, na nossa última conversa, vinha desse fundamento: "Minha filha, a vida é que é a verdadeira fortuna. Ela, o modo como a conduzimos, nossos feitos, nossa obra nela, é este o ouro. Portanto, se não pudermos acrescentá-la, não devemos subtraí-la."

Como quase tudo que vem da grande riqueza do dinheiro pode nos cegar, corremos o risco de invejar uma "versão" da história: "Priscila está na nossa casa em Beverly Hills, a gente gostou porque a casa estava muito sem ninguém e ela estava precisando aperfeiçoar o inglês. Priscila adora a América, né? Desde criança." Em verdade, Priscila tentou se matar e está à base de forte medicação, com uma enfermeira, bem longe, onde sua loucura não pode expor a família. É preciso que fiquemos atentos. Nascemos nus e, esquecendo disso, nos vestimos com tantas "categorias" que nossas necessidades acabaram se transformando em mais uma oportunidade de opressão sobre o outro. Tudo virou um patético exibicionismo, de modo que uma roupa deixa de ser só algo para proteger do frio para ser uma coisa superior à roupa do outro, mais cara, mais chique, mais importante e que, por isso, o outro vale menos. Em verdade, somos todos tesouros. Cada qual com sua especiaria. Mesmo os ricos podem ser pobres de outra fortuna e, dessa mesma fortuna, os pobres podem ser ricos também.

O nome do tesouro

O grande tesouro é cada um.
Você é o seu tesouro e seu natural explorador.
É preciso decifrar o mapa e saber que tesouros são variados:
tem tesouro só de ouro
tem tesouro só de prata
tem tesouro só de diamante
tem tesouro que é legítimo
tem tesouro que é pirata

só de pedra preciosa
só de rima
só de prosa
só de quadros preferidos
só de vinhos
só de rosa
só do que acho que é lindo
só do que é bem-vindo.
Tem tesouro que escondido
está bordado nos sentidos
e a gente não vê não escuta
não fareja não degusta não sente
tem tesouro safado
tem tesouro inocente
há os tesouros ilustres
e há ilustres embustes.
"Conhece-te a ti mesmo" é excelente dica
para saber o segredo da esfinge
mas há tesouro de verdade
e há tesouro que finge
há tesouro que é louro
mas há tesouro que tinge
há tesouro que nada alcança
há tesouro que nada atinge.
É esse o desafio, conhecer-se:
sua casa seus corredores seus vãos suas janelas
suas cortinas suas panelas seus esconderijos
os amigos dessa casa seus sabotadores suas maravilhas
seus horrores.
Pois que pode ser que no meio do baú
encontre-se junto à riqueza algum mato
algum ferro-velho algum carcomido casco de navio
algum joio algum lodo alguma lama com certeza

o lixo ao lado do luxo
e é nosso o trabalho de escolhas.
Um trabalho fundo eterno e constante
há tesouro que é certo
há tesouro que é errante
mas a boa nova é que tudo tem jeito
porque todo tesouro é mutante.

Muito além do jardim

Moro numa rua onde trabalha, numa esquina, um tecelão, não sei bem. É um artesão que restaura cadeiras de palha. Seu ateliê é a calçada. Sei que seu nome é Reinaldo, que tem um neto chamado Ian, e que trabalha ali há vinte anos, cuidando dos assentos chiques da bunda dos ricos. Não posso passar e fingir que ele não existe. Ele trabalha ali. A calçada é o ateliê ao ar livre daquele artista de rua. Ele está na geografia humana da minha rua. Está no meu mapa. Nós nos tornamos amigos e é com ele que comento sobre o tempo quando por ele passo: "Reinaldo, hoje o dia está um gato, hein?" Compreendedor de minhas metáforas, ele concorda, rindo. É um brasileiro trabalhador da melhor qualidade.

Do outro lado da rua, numa esquina ainda mais radical, apoiado num tronco milenar, entre latas, folhas de caixas de papelão, embalagens e uma pontual garrafa de cachaça, vive Júlio, um mendigo. Júlio é um clássico como tal. Sujo, vivendo no mundo paralelo que é o mundo da rua, rosto e tornozelos encharcados pelo álcool. O que me chama especial atenção é que esse pobre personagem porte um galhinho de arruda na orelha esquerda, que é pra ninguém lançar mau-olhado nas coisinhas dele, né?

Dentro dessa fina névoa da invisibilidade, ao vê-lo e cumprimentá-lo deu-se uma mágica: em meio à aparente imundície de seu "lar" do outro lado da rua, ele me oferece um jardim no olhar. Agrada a ele que eu o reconheça. Passamos a sempre nos cumprimentar. Uma vez, sumiu. Ninguém viu. Passaram-se uns dois meses sem Júlio na paisagem.

Terá morrido? Tem parentes? Saberão? As pessoas podem se perder, mas, parente, aparentemente todo mundo tem. E se morreu, é caso de IML? Com que nome, sob que registro? Qual será o número de Júlio? Como terá vivido até aqui sem exame de sangue, sem check-up? Terá tido uma vida no mundo de cá? Mas que lado de cá? O meu? Terá sido ele um exilado de outra realidade? Meu pensamento pensa que ninguém ama aquele homem.

Num outubro ensolarado, pleno já de primavera estabelecida, de súbito, ressurge Júlio sob a mesma árvore frondosa; o querido mendigo de minha rua por quem eu já nutria certo luto. "Júlio, onde você tava?", gritei espantada. Desdentado, descansado e satisfeito, sorridente de boca e olhos, ele me respondeu: "Eu tava de férias."

Creia-me, se isto não tivesse acontecido, eu talvez não fosse capaz de imaginar. E se não tivesse me dado a conhecer Júlio, disto que agora vos relato, eu nada saberia. Viver isso me acrescenta. Quando chego à rua Fonte da Saudade e de lá avisto a encruzilhada marcada por Reinaldo, Júlio e os motoristas do ponto de táxi, já me sinto protegida dos perigos da cidade grande. Me conforta saber aqueles nomes, pertencer através de nossa relação à comunidade de minha rua. Se eu sentir medo de alguma ameaça, posso gritar: "Júlio, Reinaldo, meninos, me salvem!" Mais um motivo para saber o nome dos outros antes de deles precisar. É feio só perceber a presença do outro na hora do desespero. Caso não soubesse, como a eles poderia me referir? Ô, moço da cadeira, seu mendigo, me ajudem! Às vezes as cenas das ruas me provocam poemas como este a seguir, escrito numa tarde comum, sem honrarias no calendário.

Bandeira

Nesta tarde passa por mim um homem este homem.
Este homem de mãos calejadas
e duras e grossas
paraibano
trabalhador
passa mulato e marrom por mim
com seus cabelos cacheados longos, mestiços
saindo molhados pelo buraco do boné.
Passa ele cheiroso que só
acabado de se banhar
e perfumado por cima.

Para onde vai?
Alguma mulher?
Era dia de pagamento?
Seguia pisando satisfeito
aquele homem operário da construção civil
dos civis do Leblon.
Passa e deixa um perfume bom.
Via-se que era um homem indo
ao encontro do sonho.
Tinha esperança nos ares dele.

Este homem
paraíba
masculino
operário
construtor
sonhador
esperançoso

trabalhador
brasileiro
e sem revólver,
este homem
me comove.

Dormindo com o inimigo

Trabalha em minha casa, há muitos anos, como funcionária doméstica, a Simone. Tão bonitinha, chegou com a filhinha linda, para uma entrevista. A menina muito bem cuidada, a pele e o cabelinho diziam que era uma menina amada, olhada, ou seja, a menina recomendava a mãe. Durante a entrevista, quando a nenenzinha nos interrompia, no auge de seus dois anos, Simone sempre se dirigia a ela com delicadeza, sem nenhum estresse, embora fosse, até então, uma desempregada doméstica. Contratei a Simone.

Passados uns dois meses, ela estava varrendo a sala, fiquei olhando e perguntei:

— Você é tão bonita, Simone, mas você é triste... Por quê?

— Ah... Elisa, é aquele homem meu: o homem me bate, o homem só me trata no safanão, só na grosseria, eu pareço até uma escrava dele!

— Mas não faz um carinho?

— Nossa, nem pensar, só me trata na ordem, me dá uns empurrões pra eu fazer as coisas, e também... Eu sinto muita saudade do meu filho.

— Você tem outro filho além dessa menina de 2 anos?

— Tenho um menino de 3.

— Um menino de 3 aninhos, cadê?

— Ah... Tá na casa da minha ex-sogra, que não gosta de mim, sabe? Mas eu tive que deixar lá.

— Teve que deixar lá? Por quê?

— Porque esse homem meu, esse que é meu homem agora, ele é muito sistemático e tem ciúme de eu ter sido casada antes. Então, quando o menino morava com a gente, eu peguei ele tentando enforcar o bichinho três vezes. Ele tem um sistema muito nervoso!

— Peraí. Deixa ver se entendi: você dorme com um cara que quis enforcar o seu filho, está maluca?

— Ai, Elisa, não fala assim...

Brinquei com ela, dizendo que fiz um curso de psicologia que leva a pessoa ao desespero: um curso prático e profundo — são cinco apostilas que você recebe pelo correio. Pensei: Ah, vou aplicar meu cursinho agora mesmo.

— Simone, esse menino vai crescer e vai te cobrar! "Mamãe, por que você não me criou?"; "Ah, eu estava dormindo com o inimigo". É isso que você vai dizer, é?

— Ai, ai, Elisa, você faz cada pergunta!!

— Simone, você vai me largar esse homem ontem. Escute bem meu conselho.

— É ruim de eu largar ele, que eu não vou perder minha casa, não vou mesmo!

— Que casa? Você tem casa? Casa é um lugar que abriga a gente, você não tem esse lugar. Pensa bem, você vive com um cara que é estrangulador de criança. Você não tem casa, querida, você não tem nada! Trabalha o dia inteiro, volta e dorme ao lado de um monstro que quis enforcar o seu filho! De noite, só pensa nesse menino. Nenhuma boa mãe tem uma criança de 3 anos morando com uma ex-sogra que não gosta da gente sem que pense no menino à noite! Quer saber de uma coisa? Aqui em casa você não vai trabalhar mais, porque eu não quero fazer parte dessa quadrilha que ameaça e maltrata criancinha!

— Ai, Deus me livre de eu perder esse emprego. Agora eu estou tão nervosa, não sei o que é que eu faço. Você falou estas coisas e perturbou minha ideia, sabia?

Aí, eu fui levando essa mulher ao desespero e tive a impressão de ver nos seus molhados olhos a exibição do filme de sua própria vida até ali, e que ela o via também: a falta eterna do carinho materno, a falta de estudo, o bom coração acumulado de desilusões. Então, quando Simone, minha "paciente", estava sem saber o que fazer, chorando, desesperada, abaladíssima com aquelas palavras e aquela descoberta, falei assim:

— Calma, não é possível que uma mulher mal-amada como você, que passa três horas num coletivo por dia, não tenha um paquera.

— Tenho sim, tem um eletricista.

— Vamos ligar para este eletricista agora!

Eu gerenciei, ligamos para o eletricista. Pois, creia-me, não é que ela está casada com ele? Pegou o menino dela da casa da sogra, e este pequeno, que justificadamente era muito agressivo, com a mudança ficou manso, ganhou uma irmãzinha, mudou de casa, vive enfim com a mãe. Simone reflorestou a terra do seu coração. "Você precisava mesmo de um eletricista, ou seja, um homem que mexesse com força para poder mudar a sua vida", brinquei.

Ela agora está toda feliz, a mulher arrumou um batom metálico, foi para o pagode e me disse:

— Elisa, esse até flor ele me dá. Eu durmo, descobri que eu não dormia, eu cochilava, menina, agora eu durmo! Outro dia, o homem acordou mais cedo que eu, levou café da manhã na cama pra mim, e eu não sabia aonde enfiar a minha cara, que vergonha, nunca tinha visto aquilo. Parecia até novela!

Devo dizer que tudo mudou, e para melhor, na rotina de Simone desde então, e sabe por quê? Porque eu me meti na vida dela! Mas também porque ela pôde concluir que havia uma espécie inaugural de felicidade totalmente à mão. Pois morando no mesmo bairro, recebendo o mesmo salário, porém em nova casa com seu eletricista romântico, Simone, cirurgicamente atuando no X do problema, reinventou a vida.

Laços de ternura

Por ser encantado
O amor revela-se.
DJAVAN

Como me sinto o tempo inteiro na escola da vida, gosto muito de ouvir conselhos, pedi-los e de dá-los. Posso dar um conselho sem conhecer meu "consulente" e sem talvez nunca tornar a vê-lo. Acho bom também assim. É por estas e por outras que discordo do antigo provérbio que diz que se conselho fosse bom não se dava, se vendia. Ora, vender ou comprar não garante a qualidade de nada. Na mesma categoria, beijos, abraços, advertências, opiniões, afetos, cuidados são opções de nossa liberdade diária, que ofertamos diariamente ao nosso próximo. Carinho, atenção, amizade, consideração, enfim, costumam ser de graça mesmo.

Quando o que une aquele grupo, aquela sociedade são laços de dinheiro e de ganância, como no caso das criminosas quadrilhas de colarinho branco, é muito fácil trair, salvar a própria pele, negar que era amigo, fingir que nunca houve aquela noite, aquela mala, aquela propina. Quando os laços não são de ternura, não são afetivos, o que importa é só a minha pele. E eu só estou do seu lado se isso significar a garantia da salvação desta pele. Quando isso não mais estiver em jogo, quando o jogo virar, não haverá nenhum afeto para salvar o laço, porque este laço não é feito de afeto. Acho muito triste e me espanta a facilidade com que os delatores atuam. Estes que estamos assistindo neste momento da política brasileira, meu Deus, tenho até medo que crianças os confundam com heróis, tamanha é a quantidade de bravatas. São ladrões. Bandidos reincidentes que em sua avassaladora maioria nunca foram nem pobres nem, muito menos, pretos. Uma gente que se empanturrou de dinheiro roubado do povo. Parece uma forma de loucura. Por isso, navego melhor entre as fortunas imensuráveis. Um dia desses, estava na cozinha da casa de uma amiga, de cabeça baixa, pensando em dívidas, em cargos, tributos, parlamentares, Brasília, Rio de Janeiro, São Paulo, retrocessos, uma tristeza, uma nuvem, quando irrompe a sagrada presença do meu afilhado Gabriel, que nasceu junto com a primeira edição deste livro, e, do nada, me abraça, sorri, beija meu rosto e diz: "Dundum, eu estava com tanta saudade de você, quando eu piscava o olho a saudade ficava lá no infinito." O menino mágico disse isso depois de me beijar, portanto, derramou ouro em mim.

Talvez seja falta de companheirismo, seja um pouco de egoísmo e até omissão ver alguém prestes a sofrer, a ofender, ou a cometer uma grande inconsequência, e nos calarmos. Ora, somos, em relação ao fato, privilegiados pela clareza que a posição de observadores externos nos propicia. E vamos nos calar? Não vamos oferecer nosso precioso parecer? Pode vir a ser uma grande irresponsabilidade diante da tragédia anunciada que nossa acuidade viu acontecer. Afinal, é como ver de fora do olho do furacão todo o perigo da situação. Ora, se estamos numa posição em que avistamos a casca de banana no chão que o amigo não vê e que pode, daqui a pouco, vir a derrubá-lo, que sadismo ou omissão consciente justifica nosso silêncio?

Portanto, no caso de Simone, do capítulo anterior, deliberadamente, eu gostei de ser aquela coadjuvante que auxilia o herói, quero dizer, a heroína, a cumprir sua trajetória. Uma ação ou uma palavra certa, oferecida em oportuna hora, pode valer ouro na trama do outro. Meu pai dizia: "O que as revoluções sangrentas não conseguem, as canções dos poetas realizam." Atraídos pela igualdade, a solidariedade pode ser espontaneidade nossa. Mesmo estando tão propensos às guerras, somos capazes da paz.

O poema do semelhante

O Deus da parecença
que nos costura em igualdade
que nos papel-carboniza
em sentimento
que nos pluraliza
que nos banaliza
por baixo e por dentro,
foi esse Deus que deu
destino aos meus versos.

Foi Ele quem arrancou deles
a roupa de indivíduo
e deu-lhes outra de indivíduo
ainda maior, embora mais justa.

Me assusta e acalma
ser portadora de várias almas
de um só som comum eco
ser reverberante
espelho, semelhante
ser a boca
ser a dona da palavra sem dono
de tanto dono que tem.

Esse Deus sabe que a palavra "alguém"
é apenas o singular da palavra "multidão".
Eh mundão:
todo mundo beija
todo mundo almeja
todo mundo deseja
todo mundo chora
alguns por dentro
alguns por fora
alguém sempre chega
alguém sempre demora.

O Deus que cuida do
não desperdício dos poetas
deu-me essa festa
de similitude
bateu-me no peito do meu amigo
encostou-me a ele
em atitude de verso beijo e umbigos
extirpou de mim o exclusivo:
a solidão da bravura
a solidão do medo
a solidão da usura
a solidão da coragem
a solidão da bobagem
a solidão da virtude
a solidão da viagem
a solidão do erro
a solidão do sexo
a solidão do zelo
a solidão do nexo.

O Deus soprador de carmas
deu de me fazer parecida

Aparecida
santa
puta
criança
deu de me fazer
diferente
pra que eu provasse
da alegria
de ser igual a toda gente.

Esse Deus deu coletivo
ao meu particular
sem eu nem reclamar.
Foi Ele, o Deus da par-essência
O Deus da essência-par.

Não fosse a inteligência
da semelhança
seria só meu o meu amor
seria só minha a minha dor
bobinha e sem bonança
seria sozinha minha esperança.

II. Memória de uns cárceres privados

Livrai-me de ser um duro carcereiro de mim.

Aqui pra nós, Simone não é diferente de ninguém, não é diferente de muitos de nós. Simone, brasileira, uma jovem de apenas 28 anos que estava encarcerada. Esta é a má notícia: nós inventamos cárceres. Cárceres privados, e cada um tem o seu. A boa notícia é que nós mesmos somos os carcereiros, os que têm a chave para a liberdade. Simone achava que não podia meter o bedelho no roteiro de sua existência. E muitas vezes nos esquecemos deste nosso poder de mudar o rumo de nossa prosa.

Aqui, estou chamando de cárcere aquilo que imobiliza a gente, nos faz achar que não temos espaço, não temos mobilidade no nosso destino. Portanto, isso vale para quem tem dinheiro também: "Ai, sou muito conhecida, sou muito famosa, muito tímida, muito rica, recebi uma herança, não posso me expor..." Ou seja, não adianta nada morar numa mansão e ter movimentos tão limitados quanto se estivesse numa quitinete. Falo movimento no sentido dramatúrgico da palavra, ou seja, nossas ações desenham nossa dramaturgia, riscam o mapa e as marcas de nosso acontecimento diário. Falo de movimento no sentido de sermos capazes de gestos que melhorem a nossa vida, gestos que realmente influam na existência nossa e na dos outros também, por que não? Como diz o meu pai: "Para que levar na bagagem o que não vamos precisar na viagem?" Utensílios que nada agregam, que só nos maltratam, nos contaminam? Para que seguir com eles se são os vilões emocionais? São estes que costumam pesar no percurso do existir uma vez que acorrentam com pesados grilhões as perninhas dos nossos sonhos.

Pois há vários tipos de cárceres privados. Estes fazem reluzir o que não é ouro no sentido subjetivo, e seu brilho acaba por ocupar o lugar do que realmente importa.

Velozes e furiosos

Repare como muita gente no mundo dito civilizado acha que, ao fazer 18 anos, o filho tem naturalmente o direito de ganhar um carro dos pais. Mesmo que não possa mantê-lo. Carros potentes, jovens e cartões sem limites somados ao pouco juízo de uma personalidade ainda em construção formam a mistura perigosa que, muitas vezes, inaugura precocemente a tragédia em sua tenra vida. O cárcere aí pode estar em querer mostrar aos vizinhos nosso progresso econômico, nossa superioridade material. Ou mesmo porque é ainda machistamente senso comum, no caso dos meninos, que ter um carro está associado ao poder de sedução masculino. Quando, na verdade, se queremos educar nosso filho dentro de uma cultura menos predatória e mais sensível, o ideal seria que ele começasse a conquistar seus amores sem carro. Por si só. Pelo que ele é e não pelo que possui. Se fotografarmos este discreto cárcere encontraremos, muitas vezes, uma pessoa prisioneira do veículo, sem o qual não é capaz de nada, muito menos de amar ou de encantar alguém.

Por sua vez, o mundo revê suas ações destruidoras contra a natureza que já se mostra intolerante às nossas agressões contumazes. Algumas cidades do planeta já estão oficialmente sobre bicicletas porque, como disse meu pai, há mais conteúdo do que território urbano para tanto veículo. Nenhuma cidade de médio e grande porte consegue andar livremente em seus horários de pico. O espetáculo é o mesmo, e é patético. Quem observa como eu a ponte Rio-Niterói numa sexta-feira, às seis horas da tarde, tem certeza de que houve algum acidente, uma catástrofe e, por isso, aquela fila de carros parados não anda para nenhum lado. O detalhe sórdido e pouco inteligente é que, em sua maioria esmagadora, cada automóvel desses, com quatro, cinco lugares disponíveis, leva apenas um ser humano. Por sua vez, este ser humano viaja tenso; pensou que teria partido há duas horas, mas, na verdade, não saiu do lugar. Seu carro é superpotente, direção hidráulica: "Esse bicho voa, é porque tem essa fila de carro na frente, senão vocês iam ver. Essa máquina é um avião!", e ele fica ali exercendo intensamente uma energia, uma adrenalina de querer a alta velocidade, mas o trânsito não deixa. É como se fosse um homem com uma superereção, mas que não transa com ninguém. Tenso. O espetáculo é quase engraçado de tão ignorantemente triste, porque neste mesmo momento, numa velocidade aquática, passa o povo na barca, que necessitará apenas de quinze minutos para atravessar a baía e chegar ao mesmo destino que almejam os paralisados da ponte. Eu sinto que a barca ri. Observando-se mais ainda, veem-se alguns carros importados na fila. Seus proprietários muitas vezes os adquirem em prestações que durarão 72 meses, durante os quais a geladeira seguirá vazia, sem qualidade alimentícia. Se vasculharmos bem, descobriremos que, apesar do aparente luxo, os filhos não estudam numa boa escola e seguem sem um plano de saúde num país onde a saúde pública ainda não consegue atender bem à sua população. O que quero dizer é que se nos deleitarmos sobre esta pequena e corriqueira cena de trânsito interrompido, teremos os detalhes deste sórdido filme, fiel revelador de muitos de nossos cárceres diários. Coitado do homem. Para onde vai veloz e furioso? Em que tipo de abismo se deu sua civilização? Temos que compreender que o patriarcado plantou o machismo com base na posse, não na existência do ser. Culturalmente, está na configuração do homem ter dinheiro, só assim será um homem de verdade. Lembro de um amigo que estava sem namorada, arrasado, carente. E ele é tão bonito. Então falei: "Vai arranjar uma companheira, Conrado." Ele me olhou com olhos muito tristes. Estranhei, ele sempre fora um conquistador incansável. "Como? Sem carro, Elisa?" Mas o que que tem o carro a ver com isso? Por que não se pode conquistar uma pessoa a pé, ou de bike? *What is the problem?* No fundo, a construção do patriarcado e do machismo tóxico minou sua autoestima. Jogou no lixo sua sensibilidade, o sentimento masculino. Tudo que faz dele homem deve estar fora dele e não dentro. Conrado tinha certeza de que, apesar de ser inteligente, falar várias línguas, ser autodidata, contar engraçadíssimas piadas e ser charmoso, nenhuma mulher ia se interessar por ele sem o carro. Sem o poder do carro, esses atributos desaparecem. Conrado é herdeiro daquela velha solidão masculina. Quem nunca viu a cena: um homem perto do seu carrão, balançando a chave, esperando que alguém se apiede de sua solidão e simpatize com o carro? O carrão! "Ovi" dizer que quanto maior o carro...

Aniversários macabros

Existem muitos rituais de aprisionamento dentro da vida cotidiana que a gente nem vê, nem nota. Estou chamando de "aniversário macabro" aqueles dissabores, aquelas mágoas, aquele luto ferido que é comemorado e marcado no tempo: "Agora em... daqui a quatro meses, vai fazer oito anos que não falo com meu irmão. Pior que penso no filho da puta todo dia, o cara me sacaneou." Ora, por que comemorar essa data? Se é daqui a quatro meses o triste aniversário, por que não acabamos com isso hoje? Se penso no meu irmão todo dia, por que não ligo pra ele toda vez em que penso? Por que deixo que ele pense que eu não penso nele?

Há outras modalidades: "Agora, mês que vem, vai fazer dez anos que não dou um beijo na boca. Depois que Natal morreu cabô piru lá em casa. Aí fechei as portas, mas não ligo, não sinto falta de sexo, pelo menos assim não sofro." A mulher de quem eu ouvi isso tinha um tique nervoso e repuxava o lado esquerdo do rosto que a fazia virar a cabeça para a esquerda toda hora. Achei que o sexo devia estar fazendo falta mesmo. Subiu para a cabeça.

Somos muito cruéis em autopunições. Se alguém se impõe a pena de dez anos sem um beijo, esse alguém é seu próprio carrasco. Há também aquele que é refém da palavra: "Sou homem de uma palavra só. Falei pra ela que não vou voltar, não volto. Não volto atrás na minha palavra." Acho que se a palavra é dele, tem o direito de voltar atrás quando quiser. Todos têm direito a voltar atrás quando quiserem. É saudável. Faz sentido ressignificar esse ou aquele conselho, por conta da experiência que a vida traz.

"Pois agora, no inverno, vai fazer 25 anos que não derramo uma lágrima. Meu peito é forte, é uma pedra", dizia isso batendo no peito, satisfeito de ser durão. Fiquei com pena dele. Perguntei se ele tinha ido ao médico, se havia algum problema com suas glândulas lacrimais. Ele riu e disse que esse negócio de "glândulas lagrimais" era coisa de "viado", não era coisa de "homem". O ser humano precisa chorar, existe um esquema neural que faz com que ele chore. Em verdade, uma pessoa que passa mais de duas décadas sem chorar pode estar, no arado do peito, vivendo altos sertões, altas secas.

Mar adentro

É preciso chorar.
As lágrimas são a chuva da gente,
nuvens do nosso tempo íntimo precisam desabar.
É preciso chorar,
lágrimas são os rios do ser,
as cachoeiras da gente,
mudam nosso tempo simples,
atualizam o nosso mar.
É preciso chorar,
é preciso à natureza copiar,
é preciso aliviar e molhar a seca do coração.

Se não chover vira sertão,
morre homem,
morre gado,
morre plantação.

O pagamento final

Muita gente sonha em ser rica e, vendo o dinheiro abrir tantas portas, entende que só assim a felicidade é possível. Mas o chato de ser respeitado e amado só pelo que se tem é que muitas vezes não se é amado de verdade, nem respeitado, a não ser através destes bens. Isto é uma armadilha da vaidade. Significa que suas conquistas afetivas migrarão para outro portador caso seus bens mudem de dono. Ou caso apareça alguém mais rico que você na disputa. É uma ficção este poder do dinheiro, pois não está em nós. Pertence ao que possuímos. Neste "cassino", os bens imateriais não contam. A analfabeta de escola, mas instruída de vida, dona Maria da Natividade, a sábia mãe de Antônio Pitanga, meu querido, e avó de Camila Pitanga, minha amada, dizia aos seus filhos quando brigavam por objetos: "Filhos, pra que isso? Caixão não tem gaveta!" Talvez nos soe crua demais tal sentença, mas é altamente libertadora. Desprezamos os outros porque não são de nossa tribo, rimos de seu jeito de falar e de vestir porque não é o nosso, e os julgamos por não terem os bens que consideramos bens. Então, matamos e nos matamos por dinheiro. Humilhamos os que não o têm. E inauguramos a cada dia novas guerras, querendo poder e fortuna. Não escutamos a dona Maria da Natividade. A doença nossa é a doença do mundo de negar a morte e a desimportância das joias na cena final.

Eles não usam black-tie

Eu sou da roça, mas eu não quero ser o que
eu não sou não, porque assim não me atrapalho.

JANICE PIRES, DONA DE CASA

Você vê, há os que, obcecados por fama e poder, se emaranham em inacreditáveis tramas corruptas capazes de dar inveja a qualquer filme de suspense americano com suspeitos, emboscadas, crime e tribunal. Estão aí ocupando a tela de nossa vida real. E o pior, são esses muitas vezes os modelos preferidos dos que estão, na ficção do conceito de inferioridade, na base da "pirâmide". Cansados de humilhação e impotência, desejamos virar o jogo, mudar de lado. Mas não precisa ser assim. A vida maniqueísta não é possível nem pode nela caber toda a verdade.

Existem muitas festas "vips" que acho chatas. É chato também o separatismo do conceito, embora todos tenhamos o sublime direito de convidar quem quisermos pra nossa festa e de não convidar quem não quisermos. Mas falo de outra coisa: há o cárcere de imaginar que só sendo ou estando entre aqueles vips se é feliz. Já fui num ensaio de escola de samba numa área assim: um lugar fechado, um aquário de vidro no meio de uma quadra, de onde se vê lá fora, sem ouvir a música, o povo se esbaldando de alegria e ritmo. Nós ali dentro, com garçom, uísque, champanhe e gelo e as inquebrantáveis pulseirinhas, sob uma temperatura de frigorífico proporcionada pelo potente ar-condicionado para o pequeno ambiente. Com o tempo, parece que fiquei triste. Me senti de castigo, isolada da balada e do suor da diversão lá fora.

Outro dia, fui a uma festa chique, numa cobertura maravilhosa onde a alegria não foi convidada. Falava-se baixo como em velórios. Tudo era muito elegante, a música de fundo, o jantar, discretíssimas velas, mas pro meu coração não era festa, sei lá. Esperei que alguma coisa acontecesse. Que alguém cantasse, eu mesma o faria se houvesse um certo clima para uma cena comemorativa, já que era a ocasião. Mas foi um evento órfão de gargalhadas soltas. Parecia uma festa presa. Cheia de máscaras de sorrisos calculados. Fiquei vendo a parte do "filme" em que uma amiga da anfitriã se despede à porta: "Adorei a sua festa, querida, o bufê é do Arnaldinho Vieira Porto Grillo, não é? Ah, eu sabia." Vale aqui ressaltar que o referido bufê era composto de iguarias como lascas de azeitonas e impressões de alcaparras. (Muito mais chique e nutritivo para a literatura, vejo agora.)

Pois bem, fui pra casa com a ligeira impressão de que não houve festa. Pra mim, não. Meu coração não regressou de nenhum ritual de louvor a nenhuma vida ali. Traumatizada, dias depois, aceitei correndo um convite de meu professor de educação física para ir em sua festa lá em Taquara de Dentro. O nome é mesmo pra não deixar dúvida da profundeza do fato. Quando aceitei, me disse: "Te chamei só por consideração, mas você não precisa vir, não. Vai trabalhar até tarde no teatro, pô, não é nem justo exigir que você ainda vá depois lá no terraço de minha sogra, né, Elisa? Além de ser uma lonjura danada, nem é festa chique."

Fui. Cheguei na rua onde cachorros latiam e crianças brincavam. Já me animei. Na festa, animadíssima, gente de todo tipo e etnia. Já me agradou. Viva a laje! Uma senhora me chamou atenção: era a mãe. Diante daquela senhora engraçada, cheia de conversa e vida, eu vibrava. Virgínea, com seus 70 anos, muito carismática, enquanto com uma mão segurava o xale de crochê e com a outra gesticulava ajudando o fato a cumprir seu desígnio de comunicação no colo da palavra. De vez em quando, bicava um pouco no copo de cerveja da garrafa à sua frente. Falava-me de sua intuição com a vida e o que conhecia do coração das pessoas. Falava de Deus, sua fé, e nos contamos casos da vida com seus saborosos ingredientes. Corria a festa boa dentro da noite de Taquara. Havia um arroz delicioso com bacalhau onde marcavam presença muitas azeitonas, embora seu nome não fosse risoto. Vários caldos, de mandioca, caldo verde e outra iguarias de uma casa de subúrbio. Gente de short e outros modelos da moda à vontade do bairro da gente. De repente, minha querida interlocutora comenta: "Ah, Elisa, estou com 69 anos, meus filhos estão aí, criados, sou viúva e não tenho do que reclamar! Tem até um delegado aí, interessado, sabe? Mas eu tô avaliando ainda. Acho que eu não quero não. Tenho uma saudade do meu marido! Ô homem bom, você precisava de ver: Elisa, sem brincadeira, o piru do homem (e fez em gesto com a mão, marcando um pedaço grande do antebraço) era mais ou menos isso. Uma beleza! Não é não, Alex? Fala, meu filho, pra ela como era o pau do seu pai!" "Ah, papai era um aleijado", disparou do canto um Alex descontraído com cerveja e felicidade para dar e vender.

Ninguém estranhou a cena. Não houve quem achasse a brincadeira pesada ou de mau gosto. Era conversa de adultos. O que são estas palavras? Nesta hora, o que querem dizer? A festa não perdeu a elegância por causa delas. Eram palavras sinceras de uma mulher experiente que parece ter sido feliz junto daquele homem, cuja imagem e erotismo sua memória sensitiva jamais apagará.

Muita gente pobre, quando fica rica, acha que enriquecer é perder a verdade, a genuína farra da alegria. Não é. E muito menos é preciso perder a espontaneidade quando o dindim chegar. Chique é ser verdadeiro.

Alien — O orgulho ferido

O orgulho é um destes cárceres privados. Não me refiro ao amor-próprio, à segurança, à autoconfiança, ao reconhecimento de uma qualidade em si ou no outro. Falo daquilo que não nos deixa pedir perdão, que parece nos humilhar e nos impede de corrigir um erro, reconhecê-lo e voltar atrás numa equivocada decisão. Dói admitir. Parece uma ferida aberta na vaidade da gente. E ainda há quem ache chique ter orgulho de ter orgulho e ainda encher a boca de orgulho pra dizer: "Sou um cara muito orgulhoso, meu pai foi um grande orgulhoso, meu bisavô foi um poderoso orgulhoso e meu tataravô foi o primeiro orgulhoso da região." Ele não deveria falar assim, a não ser que dissesse: "Sou orgulhoso, mas estou em tratamento." Ao contrário do que se anuncia, o orgulho é uma forma sofisticada de prisão. E a gente nem percebe sua ocupação.

Por exemplo, uma pessoa que está aflita querendo telefonar para o seu amor, mas não o faz, e diz: "Não vou ligar pra ele, ele é que me ligue." A partir do momento que se toma essa famigerada decisão, a pessoa se torna automaticamente cativa do telefone. Começa a dar voltas em torno do aparelho, a ter delírios auditivos, sonoros, a ter a impressão de que a toda hora o telefone tocou. É uma coisa tão patética que, se ninguém estiver olhando, a gente confere o aparelho para ver se está funcionando mesmo, verifica se não está fora de área. Ligamos para uma amiga e pedimos: "Liga pra mim, pra ver se meu telefone está bom?" Somos tão dodóis que nem percebemos a loucura desse processo. Ou seja, inventamos a lei e ficamos a obedecê-la como se não tivesse sido criada por nós. A julgar por mim: quantas vezes já telefonei para o amor, escondido de mim? Isso depois de ter combinado comigo que eu não ia ligar! Quantas vezes furei comigo, me desobedeci?

Tem gente que tece um verdadeiro organograma das ações de procura entre os dois: "Na semana passada, fui eu que liguei, na outra, fui eu e, na anterior, foi ele, então agora quem deve ligar..." O problema é que a outra pessoa não tem acesso a esse documento, portanto ela não sabe que é a vez de ela ligar. Por isso, é uma operação de alto risco. Com a criação desta lei, "não vou ligar pra ele ou ela", outorgamos ao outro o poder de nos libertar da nossa decisão. É complicado. Ficamos totalmente na mão do outro. À mercê do outro. Ficamos escravos dele, uma vez que ninguém sabe quando o outro ligará. Desta maneira, levados pela lógica do orgulho, todo o nosso precioso dia se transforma numa expectativa, se arrasta na barra da longa saia da espera: "Quando será que o telefone vai tocar, meu Deus? Agora? Hoje à tarde? Amanhã? Depois de amanhã, daqui a uma semana?" Quem saberá? Eu já vi gente definhar siderado pelo aparelho telefônico; sem comer, sem beber, girando em torno do objeto; cachorro sedento e carente em volta da situação, na esperança do "osso" que a gente acredita que o outro, em alguma hora, vai jogar. E aí, a amiga pondera:

— Mas se Vicente não te liga há quatro dias, por que você não liga pra ele?

— Não posso. Você não sabe que estou proibida de ligar pra ele?

— Proibida por quem?

— Por mim. Se eu souber que liguei pra ele, vou ficar puta.

Tá vendo, é uma prisão à qual a gente mesmo se condena. Por isso que acho mais barato, mais econômico emocionalmente, a gente telefonar logo, a gente levar logo um fora e, aí, libertar os dois. Porque do outro lado da linha, o outro, o nosso céu e o nosso inferno, também pode estar esperando o nosso telefonema. O que eu sei é que muitas vezes o orgulho vence a questão porque a gente rouba para ele ganhar. Nesta diversidade de caminhos, nesta pluralidade infinita de esquinas do mundo, os encontros têm a sorte de se dar. É tanta gente. Não é todo mundo que interessa a todo mundo. Pois é, os encontros verdadeiramente amorosos podem ser tão raros durante toda a vida e a gente ainda dificulta?

Uma variante desse tipo de orgulho que, mesclada ao machismo, fica ainda pior, é a do sujeito dependente da palavra dada: "Sou homem de uma palavra só. Olhei na cara dela e falei que não voltava mais pra ela e não vou voltar!" "Mas, rapaz, você não ama essa mulher?", diz o amigo. "Amo, mas uma coisa não tem nada a ver com a outra! O que está em jogo aqui é a minha palavra. Olhei pra cara dela e falei que podia viver sem ela... E agora vou chegar lá com que cara? Vou voltar atrás? Não vou mesmo, que não sou de dar ré em opinião minha." Que besteira! Na hora pode até parecer humilhante assumir seus sentimentos, mas é melhor falar, meu amigo. Vai lá, ao encontro dela, abra o coração e diga: "Eu falei que podia viver sem você, mas falei porque não tinha vivido antes, agora que tô vivendo, tô vendo que é foda! Digamos que, na época, eu tivesse apenas conhecimento teórico do assunto, agora que tô mais experiente..."

Pode ser que não dê em nada a iniciativa, mas pelo menos se tomou uma atitude em relação ao desejo. Do contrário, favorecemos o surgimento de outro tipo de cárcere, e esse se dá em forma de chicote, que é o arrependimento daquilo que a gente não fez: "Por que não mandei aquela mensagem, aquela carta, aquele presente, aquele recado? Por que não fui à casa dele? Por que não ofereci flores? Por que não lutei pelo meu amor?" E as perguntas vão chicoteando a gente, o arrependimento vai corroendo e flagelando nosso ser sem acrescentar um milímetro ao intento. Inútil sofrimento. O arrependimento, quando passa do tempo, quando dura demais, passa a atender pelo nome de ressentimento ou remorso. Há os que confundem remorso com um animal de estimação. Dão comida a ele, alimentam-no rememorando diariamente aquela velha mágoa, acendendo-a, despertando-a, múmia ativa apodrecendo qualquer boa-nova neste coração. Oferecemos ao estranho "bichinho" que criamos em nossos porões rações sucessivas de dor. Dentro de nós, e por nós adestrados, a fera urra e grita: "Quero mágoa, me dá uma mágoa." Desta maneira, ocupados no ofício intermitente de alimentar a imperdoável ferida, sob a densa névoa do ressentimento, não enxergamos o presente e muito menos somos capazes de produzir novos futuros, porque estamos olhando para trás. Pra mim, é como se paralisássemos a vida. Logo ela, a dona Vida, a que existe mutante todo o tempo. Viver é um processo. Para tal doença, uma boa dose de perdão pode ser ideal. O perdão é, antes de tudo, libertador, por isso, por favor, não deixemos o rancor interromper o trânsito, o fluxo, a seiva da vida e seu louvor.

Querida, congelei as crianças

Dentre as coisas urbanas que não me atraem, mesmo sendo uma pessoa de alma cosmopolita, está a distância que a selva de pedra, ou seja, os edifícios, o concreto, o asfalto, promove entre o ser humano e a natureza. É como um muro. Uma jaula. Uma grade. Vivo no Rio de Janeiro, cidade que tem mar e vento. No entanto, observo as pessoas viciadas demais em ar-condicionado. Ar-condicionado? Isso parece contraditório na sua origem. Assim como Guerra Santa. Quem compreende? Ou é guerra ou é santa. Essas palavras não convivem em harmonia. E o ar? Este é livre de nascença. E condicioná-lo me parece adoecê-lo, contaminá-lo. Bem, não vou falar aqui de fungos e outras sujeirinhas que se emaranham na engenhoca que habita a maioria das casas que conheço. E é chocante como se pode passar o ano inteiro com a mesma temperatura gélida do verão de 40°! Entra o outono e os táxis continuam gelados, e os carros dos amigos, e os escritórios, os ônibus, os aviões, os metrôs, tudo gelado, frigorífico. Parece que nem estão lembrando que é outono lá fora. Que uma nova luz toma conta do horizonte e a natureza se configura cinema a toda hora. E assim vai inverno adentro. Um dia entrei no táxi, fazia frio na rua. Fiz sinal, entrei e tive vontade de sair correndo do carro. Era mais gelado que lá fora. E não me acolheu. Comecei a tossir.

— Moço, esse ar-condicionado está muito gelado. Você pode aquecer um pouco?

— Sim, senhora. Sou viciado, nem noto. Lá em casa, todo mundo é. De noite, eu boto 8° e um edredom, pode ser inverno, quero nem saber. Eu gosto muito do barulhinho, sabe?

— E as crianças?

— Lá em casa tem ar-condicionado no quarto de todo mundo. O menorzinho de 1 ano, Bruninho, quando tinha 5 meses, 4, nós viajamos para a nossa casa em Iguaba e lá o ar-condicionado deu defeito. Ah, pra quê!? O bichinho chorava, eu e minha mulher não conseguíamos fazer ele dormir por nada. Era calor, e era o vício do ar. Não pestanejei. Peguei o garoto, abri a geladeira e botei ele lá. Não fechei a porta não, né? Mas aí o bichinho aquietou.

— Você botou seu filho dentro da geladeira? Vivo? Desculpa. Como se fosse uma comida? Não estou entendendo? O senhor está brincando, né?

— A senhora falando assim faz até eu rir, não estou brincando nada. Botei o moleque na geladeira e ele dormiu na hora.

— Eu vou te denunciar ao conselho tutelar. Não pode fazer isso. É um cárcere que te faz achar que a vida tem que ser o tempo inteiro gelada, e não é assim. É feita de fogo, terra, ar e água. E as estações nos ensinam isso. O senhor sabia que o contato com as estações faz a gente pensar nas nossas estações? E na nossa relação com cada período desses? Devo dizer que os leques, os ventiladores ainda não saíram de circulação e são mais democráticos. Não crie suas crianças sem a presença do vento, repare com ela a curva dos coqueiros, o poder da sua força invisível.

— Ah, você é aquela poeta, né? Da televisão. Com poesia é mais fácil tocar a vida...

— E a poesia está em tudo — eu falei. — Está em todos nós. Só procurar.

Cheguei ao destino, paguei, me despedi. Lá fora, uma brisa de outono friorento entrava por debaixo da gola do meu vestido. Brincava com a renda da barra da saia e dançava comigo os passos do duro dia a dia. Sei que tudo tem a sua hora e a sua dose, respeito muito os que apreciam o ar-condicionado. Só não quero que rompam com a natureza, que se esqueçam dela e de suas fases por causa da pasteurização do tempo que uma mesma temperatura condicionada produz. O planeta sofre desnecessariamente. Qual é a necessidade de ar no inverno, me explica? Podendo descansar um pouco o planeta, gastar menos energia nessa estação, não viciar as crianças, nunca, nem tão cedo. Gosto da vida nas cidades, das estreias, das badalações inteligentes, das festas da diversidade, mas não me atrai a construção de muros, de mundos de prisões, de cárceres, entre homens e estações.

Felicidade por um fio

Apresento aqui outro tipo de cárcere que tem atacado muitas mulheres. Me interessa muito o tema, principalmente aqui no Brasil. Pois é, logo as mulheres, que tanto lutaram por sua independência, estão dependentes, cativas, escravas e oprimidas pela ditadura da escova, da chapinha e derivados. É o Império da Escova. Estou estudando o fenômeno. Uma moda diferente de pintar ou cortar o cabelo, onde se assume o truque, a artificial mudança. Até aí, tudo bem. Todo mundo tem direito de fazer o que quiser para se enfeitar ou não, seguindo seu critério estético. Se o cabelo é meu, posso tudo: hoje pinto, amanhã aliso, depois de amanhã tranço, corto, aumento, descoloro. Mas, no caso dos alisamentos aos quais me refiro, o papo é outro. Muitas vezes é sem decidir isso que o fazemos. Inconscientemente, esta atitude pertence a uma espécie de departamento de mutação, onde nos esforçamos para ser o outro que disseram que devemos ser. É para ter a beleza do outro. Alguém disse que beleza é só cabelo liso e para que a ordem se cumpra não poupamos a qualidade de nossa vida. E mais, mesmo que haja testemunhas do que antes era encaracolado ou crespo, todos em volta devem se comportar como se a pessoa sempre tivesse sido assim. É uma viagem mental, um delírio. As cabeleireiras do salão que frequento me disseram que as escovadas (e escovados) não as cumprimentam na rua quando por elas passam. Sabem que as cabeleireiras conhecem seu frágil segredo. Muitas vezes, este cabelo resulta num fio sem vida, opaco, uma vez que foi obrigado a se esticar.

Outro dia, uma amiga de infância que sempre teve o cabelo crespo e está fazendo, há muitos anos, escova definitiva, esteve em minha casa. Era uma reunião entre amigos e ela extrapolou na ficção: "Ah, Elisa, lembra a gente pequenininha, correndo pra lá e pra cá, eu com o cabelo escorridiiiinho." Silêncio. Por amizade, me calei, mas a chamei num canto e disse: "Minha querida, não se exponha a esse nível porque eu tenho fotos da verdade."

Outra amiga ligou desconsolada.

— Mas o que é que houve? — perguntei, e ela me disse assim, chorando alto e muito:

— O que houve é que hoje é a entrega do prêmio e a Eunice, que marcou comigo pra fazer escova, não veio. Estou desesperada.

— Meu Deus do céu, o que é isso? Você tem que chorar por causa disso? Olha, seu cabelo está lindo, cacheado.

— Aham... Tá... sei, tá lindo, hum, sei, você tá falando isso pra me agradar.

E chorava inconsolável. Ainda a chamei a outra análise:

— Minha querida, você ganhou o prêmio de melhor roteirista, sabe o que isso significa?

— De que adianta ganhar o prêmio de melhor roteirista e chegar lá com o cabelo assim?

Desisti. São os males da escova, os colaterais. Essa reflexão se iniciou em mim vendo a televisão brasileira. De repente, eu estava zapeando e me deu uma saudade imensa do cacho. Quando eu era criança, Selma e outras moças eram as filhas de seu Domício e se falava tanto em bobes e cachos naquele Itaquari! Havia morenas e negras de cabelos cacheados! Tinha uma história em quadrinhos que eu adorava chamada *Cachinhos de ouro*. Que saudades do cacho, meu Deus! Onde andará? Será o fim do cacho? A erradicação dele? O "holocacho", o holocausto do cacho? Só pode ser. Se a gente reparar, aqui, em nossa televisão, raramente ainda se vê no ar uma repórter, uma apresentadora, uma atriz de cabelo crespo ou cacheado. Ora, numa nação mestiça como esta, é uma coisa muito impressionante! Parece até que estou vendo o cacho, coitado, andando de escova pela rua, desesperado, dizendo: "Socorro, vê se me erra, dona Escova, não fiz nada de errado, não, só sou um cara enrolado." Ou seja, num país encaracolado como este, a imposição desse estilo resultou num grande negócio!

Veja bem, não estou falando contra a escova, estou falando a favor da escolha. Você quer se transformar em outra por quê? Porque escolheu isso ou está cumprindo a ordem de uma moda? "Beleza é cabelo liso." E aí ficou todo mundo maluco, as mães fazendo nas filhas, muitas vezes sem consultá-las. Será que estamos escolhendo mesmo ou nossa ação está comandada por outros senhores? Em muitas ocasiões, compramos porque não resistimos àquela excelente oferta da lojinha. Tem gente que é fraca por oferta ou coisa de graça. E compra só porque está barato, sem ter precisão.

Repara bem no olhar destas mulheres indo pro salão fazer escova no sábado, que normalmente é o dia oficial da escova. É um olhar de gente abduzida, parece que hipnotizada, andando em direção àquela ordem: "Escova, escova..." E aí, chegam ao salão. "Eunice, escova!" Aí Eunice vem: TCHHHHHH. Aquela vilã com a escova: TCHHHHHH. E a pessoa vai rodando a cabeça (tem que ter pescoço, hein?). No ar, o que se sente é um forte cheiro de pelo queimado. Ninguém comenta nada, ninguém repara. Mas você sabe, com o tempo o cabelo morre. Aquilo mata o cabelo. Morreu de quê? Morreu de escova.

A verdadeira escova progressiva é esta: com o tempo, há um êxodo de todos os fios e o cabelo parte progressivamente. "O cabelo estava bem. Ontem, ainda fomos ao shopping eu e ele. De noite, fiz uma coisa que raramente faço àquela hora: dei um banhozinho nele. Dormimos. Hoje de manhã, levantei, mas ele ficou todo no travesseiro." Há também a definitiva, que é mentira, pois leva esse nome só até a verdade renascer. A que eu gosto é a regressiva, ou seja, voltar ao estado original dos fios, deixar que eles sejam o que realmente são. E tratá-los bem, conforme sua necessidade. Entender o modo de ajeitá-lo aproveitando suas naturais habilidades e tendências.

Uma característica do cárcere emocional é que a gente não percebe logo a adicção. E criamos mil ardis para que aquilo prossiga a nos escravizar. Há as que acordam duas horas antes do marido para fazer a tal escova e o que ele encontra muitas vezes é um cabelo alisado sobre o rosto cansado e sem brilho, por falta de sono. Começamos a mentir também: "Ai, meu bem, não posso mergulhar neste praião não que eu tô com uma dor de cabeça! Vai você, vai, mô!" E seguem a não aceitar os convites para piscinas, saunas, banhos de mar. Prosseguem as sucessivas desculpas de saúde: "Tô atacada da rinite, não posso nem pensar nisso." Com o tempo, de tanto inventar doença, vão ganhando até fama de baixa imunidade. Todos sabem que a água, de chuva ou outra fonte, funciona como a criptonita da escova. No fundo, quem usa compulsivamente este processo como única forma possível de ser bonita sabe onde está a raiz do problema. É só refletir sobre o tema. Sei que somos todos sobreviventes. De algum vício, de alguma superação, de algum fracasso, de alguma ilusão, de algum mau trato, de alguma soberba, de alguma paixão. Quantas vezes, para agradar ao outro, por pensar que assim seremos mais bem aceitos pelo que entendemos como sociedade, nos miramos em espelho alheio e ficamos querendo ser o outro. E iniciamos, a partir daí, a loucura diária de dar cabo de si mesmo.

Cárceres não precisam ser fixos. Podemos, a qualquer hora, mudar o rumo da nossa prosa e fazer diferente. Ainda bem, e graças a Deus, existe a poesia para traduzir, para fazer a ata desses processos humanos, o poeta é o tradutor dos sentimentos. Sofre, escreve. Ganha, escreve. Perde, escreve. Se apaixona, se decepciona, se ilude, se desilude, pede perdão, ofende, perdoa, fere — escreve. Se, por exemplo, viver um episódio de infidelidade, o poeta tem a coragem de relatar o fato, como fez o grande compositor gaúcho Lupicínio Rodrigues: "Ela disse-me assim, tenha pena de mim, vá embora / Vais me prejudicar, ele pode chegar, está na hora." Então a humanidade vai lá, beber nessa bíblia dos acontecimentos emocionais para se achar nela. E os outros que viveram a mesma experiência, mas não escreveram tais versos, ali se reconhecem: "Esse cara está falando de mim, esse poema sou eu." O poeta faz uma espécie de ata da vida. Traduz em versos seus acontecimentos.

Repare bem: ninguém acaba de ler nunca um livro de poesia, nem diz: "Pode levar esse Fernando Pessoa porque acabei de ler ontem." Não. Como cada dia sou um novo ser, a cada dia um poema vai ter esta ou aquela repercussão nos bastidores do meu coração. Depende de tantas coisas. Às vezes, lemos um poema antes de estarmos à altura de entendê-lo; depois, com o tempo e a experiência, há elementos vividos em cujo tatame aquelas palavras ganham maior entendimento e acabam por gerar mais efeito tradutor. Por isso, um bom livro de poesia é infinito, é o livro dos dias. E pode ser o livro da humanidade.

Em inúmeras ocasiões em que escrevo no meu diário ou em que leio versos de tantos poetas, a poesia traz uma certa ordem de lucidez entre mim e este mundo. Esperta, nos traz tantas clarezas, como se acertasse nossas contas com o passado e o devir ao mesmo tempo. Ao dar testemunho de seus dias, o poeta vai sendo fiel tradutor deste varejo. Entre o popular e o erudito, entre o simples e o requintado, entre o consciente e o inconsciente, a dona Poesia segue acertando os ponteiros subjetivos da passagem das horas e de suas inúmeras modalidades de atuação.

Para minha vida, consulto a poesia e outras literaturas a fim de entender meu universo e traduzi-lo. Taí o sensível poeta gaúcho, Vitor Ramil, que não me deixa mentir: "Transmuto minha vida em versos." A poesia tem categoria para habitar nosso dia a dia no papel de arauto e destaque. Por isso a consumimos, sem notar, através da inspiração da música popular, dos versinhos de amor, de saúde, de felicidade e de prosperidade que trazemos, como escritura de bons presságios, nas agendas, nas folhinhas do calendário, nos provérbios que ouvimos e dizemos nos entreatos de nossas cenas da vida real. Poema é bom também para dissolver cárceres. Explica muita coisa.

Estou sempre às voltas com os meus. Todo mundo tem seus calos. Por terem os poetas me apontado tantas saídas, e por muito compreender minha história pelo repertório que a poesia oferece, me brotei nestes versos numa tarde de maio.

Credo

De tal modo é,
que eu jamais negá-lo poderia:
sou agarrada na saia da poesia!
Para dar um passeio que seja,
uma viagem de carro avião ou trem,
à montanha, à praia, ao campo,
uma ida a um consultório
com qualquer possibilidade, ínfima que seja, de espera,
passo logo a mão nela pra sair.
É um Quintana, uma Adélia, uma Cecília, um Pessoa
ou qualquer outro a quem eu ame me unir.
Porque sou humano e creio no divino da palavra,
pra mim é um oráculo a poesia!
É meu tarô, meu baralho, meu tricot,
meu i ching, meu dicionário, meu cristal clarividente, meus búzios,
meu copo com água, meu conselho, meu colo de avô,
a explicação ambulante para tudo o que pulsa e arde.

A poesia é síntese filosófica, fonte de sabedoria, e bíblia dos que,
como eu, creem na eternidade do verbo,
na ressurreição da tarde
e na vida bela.
Amém!

O diabo veste Prada

Precisamos filtrar, mas não com aplicativos, o que recebemos das mídias que disputam o tempo dominando nossos olhos: As televisões, as plataformas e, principalmente, o celular, esse grande dispersador de focos. Você abre o celular para ligar para a pessoa com quem vai ter reunião à tarde, mas aí o aparelho te manda para outro lugar, te pauta: "Mãe, me liga urgente"; ligação perdida da sua irmã; cobrança de uma conta que você tinha esquecido de pagar; aviso de corte de serviço. Enfim, pra quem eu ia ligar mesmo? Temos que achar no meio do volume imenso de informações o nosso caminho e conseguir dentro dele preservar a liberdade. As pessoas ficam malucas para ter aquela bolsa de letrinhas, nem que seja falsificada. Achando que aquela bolsa vai dar respeito, status, dignidade. Quanta bobagem. Uma vez no shopping, perguntei:

— Quanto é essa bolsa, querida?

E a moça, com um sorriso de canto a canto:

— R$ 19.500 na promoção!

Eu disse:

— Não ria. Não ria que eu sei que você também acha caro. Minha filha, R$ 19.500 eu quero colocar dentro da bolsa.

109

Não é a bolsa que me dá valor, sou eu que dou valor à bolsa com os meus valores. Minha bolsa de valores tem os meus valores. Não gosto de superfaturação. Respeito quem pensa diferente, mas não me atraio pelo mercado de luxo.

Quando fui na estreia da novela *Mulheres Apaixonadas*, do Manoel Carlos, no Copacabana Palace, hotel chiquérrimo do Rio de Janeiro, isso ficou muito claro. Uma jornalista se aproximou. Loira, loira, loira. Não tenho nada contra loira, não sou racista, tenho muitos fãs loiros, leitores. No teatro, quantas vezes repito a piada por causa do fã loiro, explico e tudo. Chegou a moça, Jaqueline:

— Ah, Elisa, que vestido lindo, é de quem?

— Meu. Isabel que fez.

— Isabel Tardini?

— Não, Isabel, minha costureira. Lá da Tijuca.

— Aah, tá.

— Que bom, eu quero falar sobre minha personagem nessa novela e também sobre o livro que vou lançar...

— Sei. Mas quem te maquiou?

— Eu.

— E de quem é esse sapato?

— Meu.

Como a entrevista era para uma TV, ela virou para a câmera e disse: "Gente, ela é incrível!" Nesta hora, temos que ficar bem atentos, pois se for logo depois do almoço, naquele momento da digestão, a mente meio fraca, é bem capaz de a gente achar que ela tem razão. Então eu disse:

— Sou eu que enfeito meu cabelo, escolho o penteado, crio, me maquio, escolho a roupa. Desde pequenininha. Você não é assim, não?

Eu sei que ela espera de mim um glamour, uma personagem. Mas não sou uma personagem. Sou uma artista. Faço e crio personagens, mas não sou uma.

— Aaaaah, mas esse colar! Mas quem assina esse colar? Eu conheço. Que lindo!

— Agora você me pegou. Não sou viciada em nenhum luxo, mas adoro as joias da Margarida Lira. Pena que não tem no Brasil. Margarida Lira é uma designer italiana, cujos pais nasceram na Martinica. Uma italiana negra, linda. E as joias dela são tão chiques, tão simples e, por isso, tão sofisticadas que a gente fica sem saber onde pôr os olhos. Aquela peça podia ser egípcia, espanhola, moçambicana, haitiana, inglesa. Quem saberá? Toda vez que vou à Itália, dou um pulinho em Roma para visitar seu atelier. O brinco também é dela.

— Nó! Mas eu bati o olho e vi! Quem conhece, sabe, é um legítimo Margarida Lira. Também adoro as peças dela. Pena que não trouxe meu anel. Ai, pera aí: "Verinha, fotografa a Elisa pra sua revista *Mundo da Fama*. Olha o colar da bicha! Tá arrasando."

Se despediu e foi embora. O que ela não sabia é que nunca houve Margarida Lira nem nada. Inventei a grife. Ela nunca existiu e eu também nunca fui à Itália. Aí botei aqui como cena do espetáculo. Passou. Meses depois, quem que eu encontro na festa de lançamento de uma revista digital? Jaqueline. Chegou com cara de guerra em minha direção:

— Me fez de idiota, né, Elisa? Minha amiga foi na sua peça e disse que você debocha de mim e tudo. Eu igual uma idiota em casa procurando. Dei uma busca na Margarida Lira. Cadê? Você mentiu para mim e isso é muito feio.

— Não, não, Jaqueline. Não menti pra você. Você que mentiu para mim dizendo que conhecia, que tinha até anel da Margarida Lira. Eu não menti. Eu criei.

Última moda

Esta roupa não me serve
aquele uniforme não me cai bem
não quero essas regras
não mereço
não quero essas formas
essas ordens
essas normas
esses panfletos
o que pode ser dito
o que não deve ser falado
o importante não dito
o que deve ser feio
o que pode ser bonito.
Algemas nas correntes estéticas
não me interessam
não quero esses boletos
essas etiquetas
esses preços
esses compromissos.
Não tenho código de barras
não tenho marcas
comportamento
não caibo nestas caixas
nestas definições
nestas prateleiras.
Quero andar na vida
sendo a vida pra mim
o que é para o índio a natureza.
Assim voo, pedalando solta
na estrada do rio da beleza
nos mares da liberdade alcançada, essa grandeza.

Em tal grandeza meu corpo flutua...
Nos mares doces e nas difíceis águas da vida crua,
minha alegria prossegue, continua.

Despida de armas e de medos
sou mais bonita nua.

III. O silêncio dos inocentes

Eu descendo dos que ainda hão de vir.

MIA COUTO

Adoro criança! Até aí, tudo bem, muita gente diz que adora. Mas me sinto militante na luta em defesa do bem-estar dessas pequenas criaturas. Gosto da sinceridade delas, daquela verdade desconcertante de tão verdadeira, do seu pensamento lúdico, da sua poética e delicada cognição. Estou sempre observando as crianças, me fascina aquela carinha de viajante do nenenzinho no colo da mãe, reparo o que ele consegue ver com sua visão tão ímpar, nova; são as primeiras impressões do velho novo mundo. Gosto do que as crianças me ensinam e de como me veem. Estou sempre de olho nelas, não sei por quê. Sua presença me atrai como liberdade de pensamento, imaginação sem rédeas, honestidade, inocência. Pergunto: quem vai defender as crianças, as especialistas em estreias, as sem máscaras, as das naturais poéticas perguntas? Quem vai protegê-las da maldade dos mais velhos? Criança é assunto de todo mundo, não importa filho de quem. A cria dos outros, de uma certa forma, pode ser menino nosso. São muito puras, por isso que não há melhor categoria para se candidatar ao papel de anjo como a de um ser humano pequeno.

O dia em que João esclareceu o tempo

Nunca me esqueci de quando João Xavier, meu filho de coração, vinha comigo e seu pai, numa madrugada carioca, pela estrada, rumo ao Reino de Itaúnas: "Pai, que horas a gente vai chegar lá?" Era pouco mais de meia-noite e o pai respondeu: "Chegaremos a Vitória com o dia claro, quer dizer, na hora em que ele amanhece." Dentro do automóvel, nossos outros meninos dormiam e só este menor, de 4 aninhos, estava acordado, a sonhar como sempre e, desta vez, disparou para mim com seus olhinhos castanho-escuros de imensa claridade: "Elisa, que horas mesmo que o dia esclarece?" Ai, ai, Deus sabe a força com que um bom trocadilho ou um bom neologismo agrada meu coração. Mas nada chega aos pés do neologismo infantil, desta autorização que as crianças oferecem aos verbos sem sequer suspeitar da teoria disso, que sustenta e dá sentido à palavra "neologismo". Para o menino da nossa história, misturar a palavra "claro" com "amanhece" e mudar o uso do verbo esclarecer é direito legítimo dele e de todos. Por isso, afirmo: não há melhor professor de estreias do que a criança. Não há melhor mestre da grande poesia, essa que o olhar de um miúdo acessa com grande facilidade. Portanto, autorizada pelos pequenos, sempre que preciso de uma palavra e ela não existe, ou ainda não a conheço, invento-a sem a menor cerimônia. Isso é direito humano adquirido. Um direito de todas as idades com a língua viva.

João foi numa tarde a um passeio ao belo monumento capixaba, construído no meio da mata sã, o Convento da Penha, em Vila Velha. Nos poucos quilômetros da subida, aí seguíamos em família quando seus olhinhos infantis viram, talvez pela primeira vez de verdade, uma galinha carijó. Muito bonitinha, com suas originalíssimas penas estampadas com bolinhas ovais de todo tamanho. O pequeno João ficou fascinado e queria parar para brincar com ela. Logo vimos que se tratava de uma família, e numerosa. Como já estava quase na hora de fechar o Convento e precisávamos nos apressar, combinamos com ele que na volta poderíamos brincar com o cocó (é lindo chamar o bicho pela voz dele). Ele concordou, mas durante o passeio, por algumas vezes lembrou, em voz alta, disso. Pois quando voltamos, ao passarmos exatamente pela mesma curva bucólica daquele aparentemente tão parecido caminho, a memória jovem do pequeno príncipe foi logo reconhecendo e parando na terra os pequeninos pés: "Foi aqui. Cadê eles?" Percorremos o terreno com os olhos e nada. João, inconsolável, com sinceras lágrimas a cair, me implorava pelos galináceos. Eu o abracei: "Meu amor, eles foram para a casinha deles, não estão mais aqui. Outro dia a gente vem e encontra todos de novo, tá?"

Outra vez, os doces olhos, vindos sei lá de que inocente profundeza divina, flecharam de emoção meu peito por conta do que diziam, acompanhando suas palavras: "Mas eu quero ir lá naquela hora que as galinhas estavam aqui, eu vou ir lááááá." E aproveitava o "a" do "lá" para chorar mais e mais e mais maltratar de beleza o meu peito. Ora, para ele, o tempo é um lugar. E acessível para a frente e para trás. Será que esse menino está nos reafirmando que ser é estar?

O palhacinho de Júlia e o anjo Uriel

O que quero dizer é que as crianças também me reparam. Como elas também têm importância para mim, a recíproca fica logo verdadeira. Em Itaúnas, aquele paraíso no sul do Espírito Santo, isto aconteceu numa tarde de verão a me banhar dentro dum rio maravilhoso, limpo, sem poluição, um rio inocente, um rio menino. Quando voltei de um mergulho, deparei com uma menininha linda no colo da mãe, devia ter 2 aninhos, era uma menina chamada Júlia, que olhou pra mim e imediatamente perguntou:

— Palhacinho foi nadar?

— Você acha que eu sou palhacinho?

Ela então cantarolava, batendo as pequenas mãozinhas de leve sobre os meus cabelos e reafirmava alegre que só:

— É palhacinho, é palhacinhoooo!

Brinquei com ela por uns minutos. Deixei que brincasse com meus cabelos, que risse da água que respingava deles. Beijei-a e me despedi:

— Tchau, Júlia, minha flor.

Mergulhei, fui nadando até a outra parte do rio e, de dentro d'água dourada, ainda pude ouvir sua voz de gente pequenininha:

— Mamãe, palhacinho sumiu...

Adorei ser o palhacinho daquela criança. Me senti privilegiada por ter tido a honra daquela presença, daquela companhia.

Esse rio, aliás, parece ser um ninho de crianças e seus encantados acontecimentos. Já encontrei nele, numa outra tarde, um menino barroquinho, tão precioso, tão misteriosamente belo, que parecia mesmo um querubim. Eu disse:

— Você parece um anjo, qual é o seu nome?

Ao que ele me respondeu, com seus olhos mestiços combinando com os cabelos crespos cor de mel:

— Meu nome é Uriel.

— Que lindo! Você parece um anjo e tem nome de anjo!

— Então tira uma foto de mim voando?

E imediatamente subiu numa pedra que havia naquelas margens e, de lá, voou, saltou num mergulho confiante no colo das águas de seu tão conhecido e nativo amigo. Depois me ensinou, saindo do rio:

— Já fez a foto? Deixa eu ver?

Foi aí que descobri que já estava na hora de ter uma câmera digital. Havia ali, na minha frente, um indiozinho sarará, de 4 anos, no interior do Brasil, que já sabia que foto a gente tira e vê na hora.

Menino no espelho d'água

Nesse mesmo rio Itaúnas, numa manhã dessas nítidas de outono, quem brotou das águas foi outro caboclinho, com olhos ancestrais. Perguntei: "Como é seu nome, menininho lindo?" O sol, por detrás de suas costas, seu rosto refletido no espelho d'água, fazia tudo parecer pouco real. Narciso era o nome dele, me disse. Aquela resposta doeu quase ao ponto de não ser verdade. Aquilo doeu de beleza, doeu de parecer ficção; ai, ai, as crianças, minhas cicerones nesse mundão! Conversamos um pouco sobre peixes e nos despedimos. Devia ter no máximo 4 anos. Montei na minha bicicleta e, segundos depois, fui surpreendida por um grito; um grito reativo de criança, um grito de resposta de um ser humano quando sofre alguma dor, um grito com sotaque de reação imediata, um grito de susto, quase de horror. Voltei-me e vi uma mulher que o arrastava, arrastava meu Narciso, expondo seu frágil corpo aos baques do relevo do chão: pedras, conchas, cacos, pedregulhos, matos. A mãe gritava histérica: "Não me desobedece mais, senão eu acabo com você!" Um negócio impressionante. Não houve jeito, eu me meti:

— Alto lá, não é assim que se trata uma criança! O que é isso?

Ela me olhou de cima a baixo.

— Tá maluca? É meu filho. Você não tem nada com isso.

Pois aí é que ela se engana, eu faço parte da campanha do Governo Federal "Não bata, eduque!". Depois, até liguei pra lá para saber se a campanha continuava ou se eu estava nela sozinha. Não importa, estou em campanha pelo direito à não violência que toda criança tem e minha campanha durará a vida inteira. Se alguém quiser participar, é só participar. De onde estiver. Ninguém deve se omitir quando sabe que uma criança não está sendo respeitada em seus direitos fundamentais.

Se a gente cumprimenta crianças sem sermos a elas apresentadas. Se a gente brinca com os pequenos que encontramos no mundo, jogamos beijinhos, interagimos nas ruas com os pequenininhos, por que não somos cúmplices delas quando testemunhamos um abuso, uma violência, uma covardia? Quem pode ver uma criança apanhando de um adulto, como um dia eu vi levando uma chinelada na cara, sem defender o menor? Até que página amamos as crianças?

Meninos mimados não dividem o brinquedo

Não quero romantizar a pobreza, mas há um exercício coletivo na pobreza que interfere positivamente no destino dos adultos. Não estou aqui pregando a escassez. Podemos fazer isso sem ela. Por exemplo: um computador só para os três irmãos, um livro de cada para os três irmãos; para que aprendam a compartilhar. Esse negócio de "tudo meu", minha televisão, meu quarto, meu tablet, meu celular, eu, eu, eu. Uma vez, vi uma mãe dirigindo o filho, literalmente, pelo pescoço, atrás dele, guiando. No aeroporto. Ele, com seus 11 anos, seguia pelo saguão sem olhar para a frente. Olhos sequestrados pela tela. Era um jogo desses violentos que dão aula de guerra. Matar, matar, matar. Perseguir. Nem precisa ter motivo, acertar o alvo é a meta. E, depois, não passar. Muitos desses vão treinar tiro ao alvo com bonecos à sua imagem e semelhança. Que loucura! Esses meninos que ganham dos pais um cartão de crédito e débito sem limites, muito antes de começar a trabalhar, estão sendo entortados por adultos, por eles responsáveis. Não sabem o valor das coisas. Nada custa, tudo pode. Conheci vários que não conseguem sequer jogar um jogo simples com o outro. Se estiver perdendo, embaralha as cartas, sacode o tabuleiro, confunde as peças, não admite perder, não sabe dividir o brinquedo. Me lembro do colégio, de uma colega de sala, branquinha, com espírito de sinhá, riquinha e metida, chega dava pena. A gente pedia a borracha emprestada, ela escrevendo, a borracha ao lado, em cima da sua carteira sem estar sendo usada e ela dizia: "Não posso emprestar porque vou usar agorinha."

É isso. Crianças que não compartilham lanches, camas, espaços, brinquedos, livros, são educadas sem considerar o outro e acham que liberdade é tudo o que possam fazer pensando no próprio umbigo, o outro é que se dane. Meninos mimados crescem e, quando se tornam parlamentares, geralmente roubam o dinheiro público para os seus cofres pessoais e esquecem, ou nunca ficaram sabendo, que governar é a arte de melhor dividir os bens públicos para toda a sociedade. Sem exceção. E este é o único caminho para a paz. No entanto, meninos mimados não dividem os brinquedos e não têm limites. Querem tudo só para eles. Por isso, criam as guerras.

O bebê de Rosemary

Ai, ai. Quem vai defender as crianças das loucuras dos adultos? Nesse quesito, não quero saber se o agressor é tio, professor, pai, padre ou governador. Não quero saber, estou do lado das crianças e contra seu predador. Seja ele quem for. Criança é um assunto da humanidade, assunto de todo mundo, sendo seu filho ou não, nosso filho ou não, não faz diferença. Estamos falando dos que vão receber nosso bastão, dos que provavelmente chegarão a um futuro e educarão outros seres para outro futuro; é uma ciranda que pode construir ou destruir o mundo. O assunto começa antes de a criança nascer. Um ser não deve ser tratado como artigo: "Bem, já temos um apartamento, carro, já é hora de termos uma criança." Não é assim, não, às vezes a pessoa não tem maternagem, não tem paternagem, não está preparada para ser mãe nem pai naquele momento. Às vezes, esse pai ou essa mãe vêm de uma hereditariedade de desafetos e ainda não conseguiu mudar o rumo daquela prosa. Talvez seja o caso de fazer uma terapia e, aí, sim, depois ter o neném desejado.

Outro dia, encontrei uma mulher, que era diplomata, grávida, num salão de beleza no Jardim Botânico, no Rio de Janeiro. Estava com um barrigão.

— Quando é que esse neném nasce?

— Ai, tô doida que isso saia logo daqui.

Fiquei olhando aquela mulher, de uns 40 e poucos anos, falando aquilo sem a mínima noção. Tratando o bebê por "isso", o pronome que se refere às coisas. Prossegui atuante, em plena campanha:

— Você não queria esse bebê?

— Ah, o bebê eu quero, mas ficar barriguda ninguém merece, né?

— Minha querida, você não está barriguda, está grávida. Tem gente aí dentro.

Inclusive, é uma pessoa que está precisando de um advogado urgente, pensei. Sem contar a dondoquice que reina: uma mulher que tem um filho e duas babás para tudo o que é cuidar. Uma dá banho, a outra dá comida, de vez em quando a mãe pega um pouquinho, fica cinco minutos com ele no colo e o devolve. Quem passa pela Lagoa, no Rio, pode banhar-se de sol num quiosque que recebe um monte de bebês. A maioria avassaladora das babás é negra e se veste de branco, fazendo a gente pensar que já viu aquele filme ou pintura antes. Já observei ali uma vez uma mulher, jovem, empurrando um carrinho de bebê todo preto. A babá era quem se curvava, trocava a criança, tirava e colocava outra vez no sinistro carrinho. Era quem cuidava. Reparei que a criança era muito pequena, menos de um mês — a imagem exata da fragilidade e do começo da vida. A mãe, que mal olhava o filho, ocupava-se em arrebitar a bunda e exibir o perfeito corpo em tão pouco tempo de parida. Cheguei próximo a ela e perguntei à babá:

— Você que é a mãe?

E a outra respondeu:

— Não, a mãe sou eu. Nem parece, né? Dezessete dias — disse, dando alguns tapinhas no definido abdômen, a indefinível mãe.

A despeito de um corpo bem-cuidado do pescoço pra baixo, aparentemente seus olhos não dormiam há alguns dias e parecia que há muito ela não era visitada pelo sol. Reparei também que combinava com sua frieza e estranha indiferença o fato de a criança chorar muito por longos períodos enquanto ali estive. Aquela mulher não tinha olhos para a cria e nem se apercebia disso. Mesmo enquanto conversávamos, pude flagrar sua atenção ininterrupta em ser notada. Estava "malhada" e triste. Não estava, parecia, ligada ao filho. Tive um pouco de medo dela. Indaguei, curiosa, e, adivinha:

— Foi cesárea?

— Claro, né? Que eu não ia estragar o meu corpo. Parto normal pra mim é um atraso. Se eu vivo num tempo em que posso nem sentir ele nascer, pra que vou querer sentir dor? É ignorância.

— Mas aí você não está considerando uma coisa. A natureza é muito bem bolada e tudo está preparado, via de regra, para ser assim. A vagina é mesmo a porta natural da humanidade. Aliás, a mulher é a primeira casa da humanidade. Essa dor é uma dor que a gente esquece porque seu motivo vale a vida. Para a natureza, não é estranho uma mulher parir. O homem inventou essa cirurgia para salvar uma criança que, por vários motivos, não consegue nascer naturalmente, ou para salvar essa mãe da morte.

— Mas quem me garante que ele ia nascer no mesmo dia do aniversário do meu marido? Então, resolvi garantir, pra fazer uma festa só. Ah, eu não dou conta daquela zoeira de criança gritando no meu ouvido, não. É um inferno! Marquei a cesárea nesse dia porque meu médico disse que, a partir da 38ª semana, eu podia escolher. E quando nasceu, entreguei pra minha mãe e fui para um spa tirar férias do estresse da gravidez.

Além do conteúdo equivocadíssimo daquele pensamento burro, dominante e pobre, no sentido de substância, percebi que durante toda a nossa conversa, desde que eu chegara perto da babá e do menino, ela, nenhuma vez, sequer olhou para esse recém-nascido que, por sinal, seria o único a quem eu beijaria quando partisse. Aquela cena era um horror pra mim porque ela achava chique aquilo tudo, eu nunca tinha visto um abdômen tão definido numa maternidade recém-inaugurada. Quando nasce um novo ser, só pensamos nele, em amamentá-lo e em "lambê-lo". Não era humano aquilo. Ou era pouco mamífero, talvez. Quando o neném nasce, não só ele precisa de nós como nós dele. É o primeiro tempo do lado de fora que será vivido por uma cria que estava dentro. Era escuro lá, por isso a mulher dá à luz. Viver é vir para esta claridade. O menino é passageiro deste escuro e translúcido planeta ventre. Como qualquer casa, precisa ter estrutura, e boa, de preferência. Uma vez li num cartaz: "A educação de uma criança começa vinte anos antes dela nascer, educando-se a mãe." Quanto mais amada, segura, saudável emocional e intelectualmente for esta mãe, esta casa humana, essa nossa primeira morada na terra, mais probabilidades ela terá de prover uma educação amorosa e responsável. Pensava tudo isso enquanto a cena seguia sem bonanças à minha frente. Não que essa mãe fosse má, mas estava indisponível para a criança, e acho que ignorava, coitada, o processo. Fiquei também pensando o quanto fazem falta mais médicos menos inescrupulosamente "cesariânicos", mais independentes da ditadura dos laboratórios, mais comprometidos com a saúde. É necessário mais médicos conscientes que possam elucidar as obscuridades de mães como essa. E ainda me disse, a mãe "fora da casinha", para completar:

— Ah, tá muito difícil pra mim e meu marido nos acostumarmos com ele. É um estranho entre nós. Pense bem. Somos casados há um ano só. Acostumamos só nós dois. De repente, surge esse outro ser entre nós. É um menino esquisito.

Olhei para a pequena vítima com compaixão. Peço pelos inocentes que não têm espaço no desejo dos pais e torço para que essa babá dê a esse menino amor e lugar no mundo.

Por fim, desejando amarelos e outras cores, olhei de novo para o opaco carrinho que julguei sem alegria, e perguntei seu nome, enquanto ela, mais uma vez, ajeitava com a mão esquerda a calcinha sob a justa malha e, com displicência, respondeu-me. Era chocante a palidez do seu rosto quando me soprou palavras saídas de lábios quase roxos:

— Meu nome é Rosemary.

Sem palavras, me despedi da triste cena. Tive outra vez medo de nós, os seres humanos. O que eu estava vendo me arrepiava, era vida, era filme, e não era ficção.

Cinema falado

Que a relação entre mãe e filho seja amorosa e de verdade almejo sempre. Acho o melhor caminho. Para isso, além dos gestos, usemos a palavra para tudo: para amar, para construir respeito, para confiar, para garantir. A palavra erige castelos, provoca imagens, edifica sonhos. Sustenta-os. A palavra é a película corriqueira que narra e produz nosso cinema diário. Tudo que se explica verdadeiramente para uma criança, ela é capaz de entender. Se a gente conversa com o neném desde que ele está dentro da barriga, a conversa deve continuar depois que ele chega. Se filho é pra sempre, pode-se nunca mais acabar a conversa entre laços que também são eternos. Afinal, para isso nasceu a palavra, para fundar os acordos entre os homens. Para fixar os códigos, para valer os combinados, e para que ninguém tenha que matar ou morrer por desentendimento. A palavra é boa construtora da paz. A gente vai ensinando com a palavra. Somos os cicerones de quem criamos e, ao apresentarmos um mundo que ele ainda não conhece, usamos os verbos. Antes de o bebê aprender a falar, vamos mostrando para ele, para esse novo ser, o seu mundo. O velho mundo que, com sua chegada, se torna novo de novo: "Olha lá, neném, au, au, miau, estrela...", e depois vai se ampliando a comunicação oral, contando histórias, mudando o conteúdo, mas sempre contando histórias e, assim, a conversa com os filhos continua para sempre. Não precisa ser violento, respeito não tem nada a ver com agressão. Em muitos países do primeiro mundo, éssa relação é mais legislada, embora mais fria. No entanto, no Brasil, ainda preservamos a cultura do tapa, da palmada. Mesmo sendo proibida, a palmada é tida pelos seus defensores como imprescindível numa família. Tem gente da minha geração que ainda afirma com convicção e com aquela cara de maluca: "Ah, eu bato mesmo, apanhei à beça dos meus pais, levei surra de cinto, de fio de ferro de passar roupa, cabo de vassoura, galho de árvore, e não me aconteceu nada, tô ótima, olha aí." Pois vai ver apanhou tanto na cabeça que a sequela faz concordar com o violento método.

O sonho de Beatriz

A pergunta é: que criança nós estamos criando? De que maneira a estamos educando? Para ser alguém ou para ter coisas? Gente ou monstro? Estamos falando da educação de uma criança do mundo. E de um mundo, esse de hoje, cujos pilares, fundamentados na idade da razão, parecem agora desmoronar. É preciso cuidado para que a gente não siga analfabeto dos sentidos e analfabeto dos sentimentos, temendo e desconhecendo as emoções humanas. Estou preocupada. Vejo os meninos da cidade isolados em seus condomínios, em seus mundos homogêneos, vítimas de obesidades, aprisionados por horas a fio em mundos virtuais, enchendo a cara de refrigerante e batata frita, sem conhecer minhoca e outras inocentes criaturas da terra; vejo crianças cardíacas e muitas vezes irresponsavelmente medicadas, expostas à loucura dos adultos. Para onde estão sendo conduzidas? As crianças estão expostas à nossa saúde ou à nossa doença? E se estão expostas às duas, como podemos protegê-las? Um bom caminho, além de conhecer a nós mesmos cada vez mais, é ajudá-las a identificar suas qualidades, suas inclinações, suas particulares verdades. Pais e professores estão em posições estrategicamente perfeitas para orientá-las em relação aos seus dons. Porque é fundamental que o pão venha de uma vocação nossa. Como muitas vezes isto não acontece, o mundo se ressente dessa má escalação. Com a corrida cega pelo dinheiro, perde-se a noção daquilo que realmente importa.

Tomemos o adolescente, por exemplo, que sinta a vocação para ser ator, talvez por herdar um dom enrustido da família, ou talvez para inaugurar aquele dom na árvore genealógica daquele clã. E se for assim, qual é o problema? Nenhum. Mas a família se volta muitas vezes contra esta criança, contra este ser humano, que ainda está se achando, ainda está identificando pela primeira vez possíveis tendências e prováveis vocações. É quando a menina chega em casa alegre, dizendo que descobriu que quer ser atriz e recebe, de chofre, a imediata reação brusca do pai: "Que palhaçada é essa de ser atriz, Ana Beatriz? Eu sou ator, Ana Beatriz? Sua mãe é atriz, Ana Beatriz? Sua avó é atriz, Ana Beatriz? Sua irmã é atriz? Palhaçada! Onde é que já se viu isso? Você sabe que a nossa família é de engenheiros, há 120 anos é assim, o que que há?"

Cuidado gente, obrigá-la a ser engenheira a qualquer custo pode não ser bom para a engenharia e muito pior para a sociedade, que terá uma engenheira rancorosa no ofício. Será péssimo para ela e para o mundo, já que se trata de uma Ciência que tanto necessita de homens e mulheres que a amem e, através desse saber, amem a humanidade. A engenharia é tão abstrata quanto a música, embora ambas se apoiem na aparente exatidão da matemática. Pode ser que a Ana Beatriz, por causa dessa imposição insensata, ponha o milenar negócio da família a perder. E a culpa pode não ser primeiramente dela. Quem a obrigou a optar por uma carreira indesejada errou antes.

Não é novidade para muita gente que a adolescência é um período de descobertas, de construção consciente da identidade, enquanto a chuva de hormônios faz o seu serviço. Nós sabemos disso, todos nós fomos adolescentes. Provamos o sabor de sua indefinição, suas procuras, o furor de seus sonhos, a força de seus desejos inocentes, suas coragens, seus mistérios. Por isso que não gosto da palavra "aborrecente". Palavra perigosa. Trata-se de um trocadilho perverso que mais pode atrapalhar do que ajudar, mais destruir do que construir. Aborrecente é aquele que aborrece. Não é agradável nem deve ser usado como sentença, como se todo aquele que pela puberdade passasse ganhasse automaticamente a etiqueta de jovem-problema, ou seja, a-bor-re-cen-te. A-bor-re-cen-te! Observe que a palavra, dita dessa maneira, portando esses amaldiçoados conteúdos, autoriza no filho a delinquência, a doença, o desrespeito. Pode provocar relações autodestrutivas e destruidoras de laços. Ora, pois a pessoa só está na adolescência, não está doente, como parecia quando ouvi, no mercado, duas mulheres conversando sobre seus respectivos frutos: "Eu é que sei, minha comadre, tenho uma de 14." E a outra: "E eu, minha querida, que o meu maior está com 15. Já viu, né?" E se olharam com olhos de lamentação.

Ora, não falemos mais assim, peço a quem me lê. Por que nos referirmos à adolescência como um período de insanidade, como se o indivíduo estivesse sem saúde, logo nessa hora em que são tão bem-vindas a compreensão e as referências? Por que agir assim, como se não estivéssemos diante daquele que também um dia fomos, cheios de hormônios, diante das primeiras plataformas de sonhos e em busca da nossa identidade? Nesta hora, sugiro que as palavras tenham mais força e significados ainda. É preciso nutrir os adolescentes com boas palavras. As palavras têm poder de ação. E mais: como a nossa escola pública ainda está longe do ideal, quem tem mais dinheiro coloca o filho num colégio caro, étnica e socialmente homogêneo, com alunos ricos, num coletivo de ensino sem diversidade social. Então, o menino que já vive preso em seu condomínio, que já vive o dia inteiro preso às redes dos túneis virtuais, também pode aprender que tudo é inseguro fora desta tela. Esse menino tende a achar que o mundo é esse e só esse. Esse mundo homogêneo, igual e previsível, mundo do colégio e do condomínio. De modo que, quando sai dali, pode passar a ver o diferente como inimigo, porque, ao contrário do que disseram, o mundo é híbrido, o mundo é feito de planejamento, de talento, de improviso, e está acontecendo agora. Cada ser tem o direito único e o dever natural de construir sua vida sobre as bases do próprio talento.

Garganta profunda

"Viver é muito perigoso", como diz o Guimarães Rosa. Sei que educar é uma tarefa sublime, cheia de riscos, afetos e responsabilidades, e não há cartilhas. Neste caso, a melhor dica parece ser a companhia permanente da verdade. Explico: já que somos errantes e aprendizes sempre, a sinceridade entre pais e filhos pode ser poderosa aliada. Claro que a cada idade há um jeito de dizer a mesma verdade. Às vezes ela é tão poderosa e libertadora como o perdão. Ou seja, uma vez errantes, podemos nos equivocar, pedir perdão, perdoar. O que se vê, no entanto, na maioria das vezes, é o estereótipo de uma família mergulhada em contradições, como nas cenas que sabemos que pipocam a toda hora dentro das casas. Esta, por exemplo, eu mesma presenciei de corpo e alma numa rua do Leblon. Era um pai de uns 30 e poucos, 40 anos, que trazia em sua mão direita a do seu filho, de uns 5 anos. Esperavam o sinal abrir. Como estávamos muito perto e na mesma calçada, sem querer acabei ouvindo a surreal conversa que mais me espanta ainda ao escrevê-la aqui.

— Pai, depois que a gente fizer compra a gente pode ir lá naquele parquinho que tem avião de balanço?

— Tá viciado em parquinho. Não é possível isso.

— Mas você não respondeu. Vamos lá no parquinho?

— Não e não. Vou cortar parquinho de uma vez. Tudo você não cansa, que coisa!

— Poxa, que merda!

— Como é que é, seu Reinaldo Junior? Que porra de buceta de boca suja é essa, caralho? Ah, não fode, moleque escroto, pô, tomar no cu! Deve ter aprendido isso com aquela piranha da tua mãe; eu já vi mulher desbocada, mas aquela ali, puta que o pariu. Ou, então, você aprendeu isso com aqueles veadinhos lá do jardim de infância, seu *fila* da puta!

Observando esse pai, vemos como é desesperador que existam essas personagens na vida educacional de um filho! E é bom que se reflita sobre o significado dos palavrões para uma criança. Cada tribo tem o seu coletivo de palavras e vai combinar estes códigos a seu modo com sua comunidade. É curioso quando percebemos que o que chamamos de palavrão são palavras, na maioria das vezes, ligadas ao sexo. São palavras proibidas. "Palavras que não se escrevem", dizem alguns, mas quem inventou os palavrões foi a voz do povo e, se o fez, é porque houve precisão. A língua do povo está certa, tem serventia um bom palavrão na ocasião ideal: desopila, desaba, explode ali, naquela catarse verbal. Saem de nossa garganta mais profunda. As palavras ditas "chulas", e que nossas crianças nos ouvem dizer no dia a dia, é melhor que expliquemos que há pessoas que não gostam destas palavras e se sentem desrespeitadas quando as proferimos em sua presença e, principalmente, na casa delas. Podemos educá-las: "Filha, quando a tia Eulália estiver presente, não pode falar essas palavras não, tá?" As crianças aceitam, compreendem, concordam. Viver também é receber e dar limites. Além do mais, as crianças gostam dos segredos da família, dos códigos específicos que só em seu núcleo e nos de seus iguais são permitidos e entendidos. O que acho desaconselhável é que adultos xinguem na frente das crianças e as reprimam quando elas apenas repetem o que ouviram.

140

Quando eu era uma professorinha de crianças de 5 anos na escola Pingo de Gente, em Vila Velha, no Espírito Santo, Rafael, um aluno meu, estava obcecado pela palavra "porra". E a gastava com fartura entre os coleguinhas. Então, era toda hora um aluninho a reclamar comigo:

— Tia, o Rafael me chamou de porra!

Uns até choravam, ofendidíssimos. Isso virou uma prática por alguns dias e eu, no auge dos meus 22 anos, queria encontrar um jeito para desativar aquele estranho costume num menino tão novo que parecia nem saber direito o que dizia. Então, um dia, diante de um novo reclame da mesma queixa, eu disse para toda a turma:

— Gente, o Rafael faz isso porque ele não sabe o que é que esta palavra quer dizer. Quem sabe? — perguntei à turminha.

Como ninguém respondeu, dei a minha aula.

— Porra é uma palavra boa porque todos nós viemos dela. O nome científico é sêmen, um líquido cheio de sementinha de gente. Todos nós viemos desse líquido: nós, nossas mães, nossos pais, irmãozinhos. Sem contar o homem da padaria e todas as pessoas do mundo. Então, ninguém precisa ficar triste quando o Rafael falar assim.

Foi aí então que o Rafael veio chorando até perto de mim e me disse baixinho, muito sentido:

— Poxa, tia, você estragou o meu palavrão.

Bilu-Bilu

Me preocupa muito a qualidade dos nossos cuidadores quando somos crianças. Quem são? O que fazem em nossa presença? Até 2 anos, 3... não nos lembramos. Quem nos segurava nos braços? Passávamos de colo em colo, quem eram essas pessoas? Como abordavam nosso corpinho? Fomos violentamente sacudidos? Torceram nosso bracinho? Nos beliscaram? Fizeram em nós carinhos abusivos se aproveitando da nossa inocência? São cruéis perguntas, mas muito importantes de serem consideradas aqui. Muita gente me conta histórias inimagináveis que eu nem gostaria de ter sabido porque me deparo com o deslimite da insanidade humana que se aproveita da inocência para saquear a pequena alma.

Mas, às vezes, a invasão no território daquele corpinho se dá sem maldade aparente. E, aproveitando-se do fato de que o órgão sexual do menino é mais exposto, a sociedade falocrata autoriza parentes, amigos e adultos a usarem e abusarem dessa condição. Explico. Uma vez estava fazendo um trabalho em Brasília e fui visitar uma amiga, Renata.

— Ah, Elisa, estou apaixonada nesse meu neto. Ai, ele é a coisa mais linda do mundo. Meu companheiro!

— Ah, é, Rê? E você tá namorando?

— Não, menina. Mas esse garoto é a minha vida. Briguei quando a Rosana engravidou porque teve que parar os estudos. Mas agora, é uma bênção. Uma bênção na minha vida esse moleque. Vem cá, Rian! Cadê o "piruzinho" da vovó? Cadê o bilu-bilu da vovó? Mostra o "piruzinho" pra vovó! Ah, que vontade de apertar!

O garotinho, em desamparo, me pedia socorro, primeiro só com o olhar. Renata corria atrás do menino na sala, rodopiando a mesa. Mas ele não queria mesmo.

— Para vovó, eu não gosto! Para agora!

Então, eu não aguentei:

— Parou, Renata, agora. Parou! Eu, hein!

— Você não quer ver o "piruzinho" do meu neto? Um "piruzão", Elisa. Você precisa ver.

— Não, Renata. Definitivamente, eu não vim a Brasília para ver o "piruzinho" do seu neto. Tô querendo te denunciar. Te denunciar ao conselho tutelar.

— Nossa, minha amiga, agora você me magoou! Rian, vai brincar no quintal, vai.

— Renata, vai arranjar um namorado adulto pra você ficar pegando no piru dele, por favor?

— Agora você está me ofendendo. Pra mim é sem maldade, como se eu tivesse pegando em outra parte, no braço, por exemplo.

— E braço fica duro, por acaso?

— Nossa, Elisa! Você tá levando para um lado que... poxa vida.

— E se fosse uma menina, tudo bem pra você que o avô ficasse bolinando a garota? A pessoinha não tem vida sexual e você fica estimulando, invadindo. Você sabe o que ele não sabe. Você é mais forte, tem poder, experiência. É um jogo desigual.

— O que você acha que eu devo fazer?

— Terapia, meu amor, terapia! Um terapeuta e um namorado. Não necessariamente nessa ordem.

A mulher tarja preta

Tenho observado também que as crianças têm tido seu tempo de brincar cada vez mais reduzido, e digo isso especialmente em relação às crianças da cidade. Órfãs de quintais, de ruas seguras, elas têm cada vez mais sua vida tornada adulta com uma agenda típica de um workaholic. Cuidemos. Há crianças cardíacas, expostas a um estresse constante, crianças que, mesmo dentro de casa, vivem sob o signo do medo. Muitas vezes usamos o medo como um método de gerenciamento ou de dominação. No caso das crianças, pode acabar tendo o efeito contrário ao esperado e a gente, sem querer, cria gerações de meninas e meninos frágeis e inseguros, expostos à imensa farmácia, à imensa drogaria do mundo, que desde cedo pode nos fazer usuários dela. Tenho visto meninos e meninas dependentes do uso contumaz de substâncias para hiperatividade, déficit de atenção. E pela banalidade com que vejo o assunto ser tratado, desconfio da veracidade de muitos desses diagnósticos. Em caso onde o assunto é a "diretoria", isto é, a cabeça da gente, aconselho pedir uma segunda opinião. Tenho medo que criemos pequenos drogaditos, com pouca tolerância à tristeza e à frustração. Coisas da vida que, sem a medicação costumeira, podem apavorá-los diante da vida real.

Mas de que adianta eu dar esses conselhos se muitas vezes é a "rainha do lar" quem se entope de remédios? Ora, é a mãe tarja preta, com direito a Prozac, Lorax, Rivotril, Dormonid, Fluoxetina, Lexotan, Ritalina. Vive drogada e ainda dispara, rangendo dentes e palavras num enrijecido maxilar: "Não quero saber de maconha aqui em casa, hein, Luiz Otávio?" Aí o filho pode perguntar como é que é isso, por que e para que ela toma esses remédios. O filho pode querer saber mais, se ela tem receita, qual é a função daquela droga. Enfim, alguma explicação, de preferência a verdadeira, os pais devem ter. Podem dizer, por exemplo: "Meu filho, está aqui a receita, se a mamãe não tomar essa medicação que o médico passou, ela quebra isso aqui tudo." E muitas vezes, ela não pode dizer nem isso, porque tem as gavetas recheadas de receitas contrabandeadas, terceirizadas.

Penso que a literatura tem muito o que fazer na vida educacional de uma criança. Através dela, de seus enredos e personagens, podemos ser vilões, príncipes, heróis, bruxas, princesas, sem danos à realidade. Ainda sinto um grande hiato entre as histórias infantis, como *Chapeuzinho Vermelho*, e a densidade dos clássicos que as crianças são precocemente obrigadas a compreender. Então pergunto, de que literatura alimentamos nossos filhos exatamente em uma hora em que eles procuram espelhos, e que seu corpo muda radicalmente a olhos vistos? Em mim, por exemplo, a poesia assumiu esse lugar nessa hora, em minha vida de menina de 11 anos, e tanto me educou que hoje, olhando a estrada, percebo que me deu o estofo do que sou. Quando vejo a satisfação de meus pais diante desse resultado, penso que tudo que fazemos por e com os nossos filhos de alguma maneira volta para nós — é muito difícil uma árvore não se responsabilizar pela qualidade dos seus frutos. O investimento que fazemos na criação dos nossos é para eles sacarem. É para seu desfrute. Por isso, não dá para cobrar deles as noites insones que passamos às suas cabeceiras quando estavam febris. Se você é mãe ou pai, é natural que tenha pernoitado na cabeceira de uma febre e de um delírio. Quem o faria? O amor generosamente oferecido aos frutos deve querer apenas que esses frutos sejam felizes e solidários cidadãos. A violência, as guerras entre parentes que ocorrem diariamente dentro das casas em nome do bem, espero que desapareçam para que, com a compreensão pela palavra, possamos erguer, a partir do interior de nossa tribo, uma cultura de paz. A grande lição que o poder de gerar nos dá é a da generosidade. Ainda que não tenha saído de nosso ventre. A arte de ser mãe ou pai é essencialmente a arte de cuidar.

Chupetas, punhetas, guitarras

Choram meus filhos pela casa,
fraldas, colos, fanfarras.
Meus filhos choram querendo talvez meu peito
ou talvez o mesmo único leito que reservei pra mim.
Assim aprendi a doar,
com o pranto deles.
Na marra aprendi a dar mundo a quem do mundo é
a quem ao mundo pertence e de quem sou mera babá.
Um dia serei irremediavelmente defasada, démodé
Meus filhos berram meu nome função
querendo pão, ternura, verdade e ainda possibilidade de ilusão.
Meus filhos cometem travessuras sábias
no tapa bumerangue da malcriação.
Eu, que por eles explodi boceta afora afeto adentro,
ingiro sozinha o ouro excremento desta generosidade.
Aprendo que não valho nada em mim.
Que criar pessoa é criar futuro
não há portanto recompensas, indenizações
mesquinhas voltas, efêmeros trocos.

Choram pela casa e eu ouço sem ouvidos
porque meus sentidos vivem agora sob a égide da alma.
Chupetas, punhetas, guitarras,
meus filhos babam conhecimentos da nova era
no chão de minha casa.
Essa deve ser minha felicidade.
Aprendo a dar meu eu, aquilo que não tem cópia,
tampouco similar.
E o tempo, esse cuidadoso alfaiate,
assíduo guardador dos nossos melhores segredos,
sabe o enredo da história e não me conta nada.
Vai soprando tudo aos poucos e muito aos pouquinhos.
Faz lembrar que meu pai também já foi pequenininho.
Que só por ele ter podido ser meu ontem,
só por ele ter fodido com desesperado desejo minha mãe
um dia eu existi.

Choram meus filhos pela NASA onde passeamos planetas e reveses.
Eu escuto seus computadores, eu limpo suas fezes,
faço compressas pra febre e afirmo que quero morrer antes deles.
Assino um documento onde aceito de bom grado
lhes ter sido a mala, o malote, a estrela guia.
Um dia eles amarão com a mesma grandeza que eu
uma pessoa que não pode ser eu.
Serão seus filhos, suas mulheres, seus homens.
Eu serei aquela que receberá sua escassa visita.
Não serei a preferida.
Serei a quem se agradece displicente
pelo adianto, pela carona
de poderem ter sido humanidade.
Choram meus filhos pela casa e
eu sou a recessiva bússola,
a cegonha, a garça

com um único presente na mão:
saber que o amor só é amor quando é troca.
E a troca só tem graça quando é de graça.

A gente conta histórias para as crianças desde o ventre. Para isso existe a palavra, para trazer as referências culturais da gente, para explicar o mundo, para fundar os acordos, para isso a palavra. Tudo que se ensina para uma criança ela aprende e aprende também ao ver fazer. Vi num programa que ensinava como educar domesticamente uma criança, oferecendo-lhe estímulos financeiros, de modo que, a cada serviço prestado dentro de casa, cada tarefa do lar — tais como lavar a louça, arrumar a cama —, era compensada com dinheiro. Fiquei até com medo de uma "psicopatinha" de 5 anos que apareceu na tela, com aquela vozinha fina, parecendo uma diabinha: "Mamy, eu já tenho 5 mil dólares!" Achei muito sinistro! Isso não vai acabar bem... Daqui a pouco, quanto não estará custando levar um copo de água para o irmãozinho?

Sob o domínio do medo

Com um braço só, uma só perna,
ou sem os dois de cada um, vivo e canto.
Mas com todos e medo, choro tanto
que temo dar escândalos a meus irmãos.

ADÉLIA PRADO

Houve um dia em que estava caminhando numa rua no alto do Jardim Botânico, só gastando aquele IPTU, e, na pracinha, deparo com a seguinte cena: uma mulher sentada no banco, com uma fralda sobre um dos ombros, com aquela cara de pateta, de ausente, uma mulher sem força, parecia sem vida, uma paisagem desanimadora de mulher. A seu lado, no chão, brincava um menino liiiindo, um menino esculpido, nariz e boca a talhe de inesperada beleza brasileira. Jamais me esquecerei daquela face. Daria uma boa face de Deus. A pele morena de pêssego, os olhinhos negros, os cílios espessos, curvadinhos para cima, brincava consigo e sua imaginação. Concentrado, via o príncipe, os cavalos e outros personagens que eu não soube identificar; cantarolava, riscava com areia e dedos novos o chão da velha praça. Depois de observá-lo, encantada, por um bom tempo, eu disse:

— Ô, meu Deus, quando o menino é lindo assim, como é que é o nome dele?

Com a doçura dos meninos, ele me respondeu:

— Bruno.

— Ai, Bruno, como você é lindo! Quantos anos você tem?

— Quatro.

— Quatro? Ah, eu tô sem amigo de 4 anos, você quer ser meu amigo?

— Queeeero...

— Então me dá um beijo?

— Doooou...

Aí eu me agachei, dei um beijo nele, levantei, e ele reclamou:

— Faltou o ablaaaço...

— Ohhhh, faltou o abraço?

Aí eu o abracei, e ele me disse, com a vozinha deliciosa dos seres humanos pequenininhos:

— Moça, ontem-amanhã você me leva lá no Clisto Rebentô?

— No Clisto Rebentô? Levo.

Ontem-amanhã, que belo desprezo pelo tempo, pensei. E então disse para a mãe dele:

— Que menino lindo, tô apaixonada pelo seu filho, como ele é lindo! Inteligente. Quem tem um filho desse é milionário! Você só tem ele?

— Só, e chega, minha filha!

Pois, para a minha surpresa, de repente, de dentro daquela tão inexpressiva mulher, surge um monstro. Seu rosto enfadado toma subitamente a forma de uma máscara maligna a crescer, aterrorizante e feroz, sobre o pequeno sonhador que cantarolava alto suas aventuras de cavalinhos e príncipes encantados feitos de imaginação, areia, palito de picolé, gravetos, folhas e pedras.

— Sossega, Bruno, para, inferno, que eu tô conversando com a moça! Para com essa barulheira de ficar cantando na minha cabeça. Para Bruno. Ó, Bruuuno, olha aqui, minha psicologia é essa sandália na sua bunda agora mesmo. "Isso" é uma coisa atentada, minha filha! "Isso" canta, "isso" dança, "isso" fala o dia inteiro no meu ouvido, "isso" inventa histórias, "isso" é um menino perturbado! Deus me livre ter outro filho, "isso" vale por dez. "Clisto Rebentô"! Rebentô sou eu, que vou arrebentar sua cara agora mesmo. Olha a "fuça" dele, desgraça, parece até que é gente!

Só sei que tinha uma espécie de bomba dentro daquela mulher, era uma mãe terrorista, uma Osmama, Osmama Bin Laden. Fiquei chocada! E o que mais me espantou foi que a criança não se espantou. Parecia estar muito acostumada àquela violência. Lembro agora, e me lembrarei para sempre, de ele seguindo ao lado da mãe, deixando a praça, a cabecinha virada pra trás, seus olhos desamparados a procurar os meus, parecia um condenadinho querendo quem o salvasse. Apesar de sua visível inteligência e criatividade a olhos vistos, era um menino acostumado ao medo. Criado sob seus desígnios. Bruno tinha olhos assustados, e uma breve gagueira de quem presencia coisas de se perder mesmo o fôlego e a emissão do som. Nosso Bruno parecia aquele menino que, quando chora, encontra a voz de seu algoz a ordenar: "Engole o choro!" E o pranto tão difícil de engolir permanece ali, petrificado, fazendo seu estrago. Muitas vezes, o medo ataca na força da voz. Tanto que, frequentemente, debaixo de uma gagueira encontramos a palavra medo.

Terror na mansão de Alphaville

Tenho notado e aplaudido a mudança evolutiva no comportamento do machismo tóxico brasileiro que tem, cada vez mais nestes novos tempos, se ocupado em exercer com mais presença sua paternidade. Vejo mais pais em reuniões escolares, pais solteiros ou separados assumindo sozinhos a criação dos filhos, ou se resolvendo muito bem na guarda compartilhada sem necessariamente "largar" o menino na casa da avó em dia de visita. Mas ainda falta. Há muitos homens que ainda não entenderam sua importância na formação dos pequenos. Quem teve pai e quem não teve sabe da verdade do que declaro aqui. Por outro lado, mulheres, educando, sem perceber, machistamente seus filhos, interferem de modo negativo neste laço: sequestram os filhos dentro da relação. Desvalorizam o papel do pai, sua função, seu papel cuidador, de um outro lugar diferente da função materna.

Numa visita de trabalho numa mansão em Alphaville, onde vive uma gente empoderada em São Paulo, conheci uma empresária que era casada com um arquiteto. Havia lá uma criancinha de 2 anos, a menina Alice, com seus cabelinhos dourados e lindos caindo sobre os azulíssimos olhos contornados por pretos cílios. Uma mistura linda entre branco moreno e branco louro. Ela dizia que não poderíamos sair para ter a reunião fora porque não tinha com quem deixar a filha, estava sem babá. Assim, justificara-me o convite para que nos reuníssemos em sua casa. Vendo seu companheiro ali, silencioso, a desenhar em grafite sobre a modernosa prancha, indaguei, curiosa:

— Diana, você não acha que o Vincent pode muito bem tomar conta, enfim, ficar com Alicinha enquanto trabalhamos no escritório?

— Tá maluca, Elisa? Só podia ser poeta, mesmo. Minha querida, "isso" não sabe pegar um paninho certo na gaveta, não sabe dar comida, água, banho. Trocar uma fralda, fazer mamadeira, papinha. Hum, "isso" não sabe nada! Outro dia deixei ele com a garota enquanto fui aplicar uma hena; você acredita que ele deu um energético para a menina, e de noite?! Ai, não sei como é que eu aguento!

O "isso" era Vincent, era ele. O homem que Diana escolhera e ao lado de quem tem passado sua rotina de dormir, parir, comer, transar, viver. Enquanto ela o tratava assim, sem respeito, ele parecia não se importar. Mais que isso, pareceu, aos meus olhos, concordar. E acenava com a cabeça como se dissesse que a mulher tinha razão e como se acreditasse que não poderia mudar por culpa da índole natural do gênero. Eu queria, no fundo, como representante dos homens, ausentes na tarde daquele sofisticado salão donde se desfrutava a vista e o cheiro de um fabuloso jardim de inverno, que ele reagisse. Vincent, Vincent, reage, insistia meu pensamento, defenda-se, homem de Deus! A casa cercada de pinheiros canadenses, tão linda que só faltava a neve, tudo muito rico. Mas a pobreza estava neste terror que se faz com os homens. Se o cara é sensível, apoiadas num discurso ultrapassado, muitas mulheres afirmam: "Ah ele tem o lado feminino bem desenvolvido." Ou seja, será que tudo o que presta num homem não é masculino? Perigoso pensamento que encobre graves equívocos e justifica várias atitudes do extenso domínio doméstico da fêmea.

Alguns homens se acomodam nesta aparente confortável posição que lhes garante o filho acalentado durante o futebol e o desfrute da cerveja geladíssima sem que se preocupem com estes detalhes. No entanto, quando veem, não têm mais, ou nunca realmente chegaram a ter, acesso real ao próprio fruto e é a mãe que atesta: "Ihh, minha amiga, esta aqui não vai no colo do pai de jeito nenhum." E é aí que, muitas vezes, o pai vai perceber que desde que o filho ou a filha nasceram, ele perdeu o lugar ao lado da mulher porque quem ocupa o espaço é a criança desde que nasceu. O marido dorme no sofá desde então. A mãe chama esta dependência da criança de amor: "Esta daqui só dorme comigo, não tem jeito, é agarrada." O que quero dizer é que não é normalmente saudável a ausência que a omissão de um pai deixa. Muitas vezes, principalmente em casais separados, a mulher manipula o laço entre filho e pai por razões emocionais e possessivas relativas a ela, ao marido e à pensão, por exemplo. Porque, infelizmente, não é raro que a criança seja usada como moeda de troca e pressão entre adultos machos e fêmeas, reprodutores da espécie ser humano.

O que há de pior e mais bizarro nesta mansão de Alphaville é que a menina Alice Gustavo Cerqueira Gouveia Brito de Almeida e Castro vai crescer achando que ser pai é ser aquela figura ausente da casa, que não recebe o respeito doméstico da mãe nem de nenhum dos empregados. A mãe que lhe ensinou, provavelmente, as primeiras palavras está literalmente tratando o pai pelo pronome "isso", pessoa-objeto que não é senhor de nada. Neste momento, Alice começa já a entender o homem como tal figura. A partir daí, de várias maneiras, com plurais consequências, esta carta do jogo, esta peça, esta presença omissa do pai vai ter valor no tabuleiro, no futuro de suas relações e de sua visão do sexo masculino. Alice também pode, nesta hora, em meio a esta simples conversa perdida no cotidiano, reparar que, pelo jeito como seus pais não namoram, o que ela vê não é e não se parece com amor.

Nosso papel de emancipadores dos que estão sob nossos cuidados é sério. E é bom que nele esteja incluída a construção de uma noção não inimiga do sexo oposto. Desde pequenos. O mundo é de homens e mulheres e nossa guerra íntima desanda as guerras mundiais. Autoriza-as. Nossas guerras coletivas são prova do nosso desentendimento particular. Estejamos atentos, aconselhemos nossos amigos, ofereçamos nosso pensamento ao termos clareza. Nem que seja para discutir, para fazer pensar o tema, mas não nos calemos. Pois quem vai defender a criança das "dessabedorias" dos adultos?

Sem sangue, tiros, bandidos, vampiros oficiais ou fantasmas a passear com facas afiadas, a ranger tábuas nos corredores do velho castelo, o terror na mansão de Alphaville é este: a saga constante de desamor e desrespeito entre humanos acasalados e adultos, fazendo o seu inconsequente serviço, tendo a pequena criança como objeto de cena, aluna e plateia.

O evangelho segundo João Pedro e José

Quando a criança é bem cuidada, o resultado pode ser totalmente outro e sem terror no começo, meio e fim. O filme da nossa vida que inclui a educação de uma criança não precisa conter cenas de violência. Nem as sutis. Criança é terra fértil que, em se plantando e cuidando, tudo dá. Por isso penso que o ideal é que uma pequena criatura deva ser exposta a objetos e conteúdos que estimulem nela o desenvolvimento de seus dons. Uma criança a quem são dados arte e repertório, para que possa traduzir-se com segurança e facilidade, apresenta-se logo cedo ao mundo de uma maneira diferente e naturalmente inteligente.

Me lembro do João Pedro, outro anjinho urbano que queria montar um quebra-cabeça de adultos lá na minha casa:

— Eba, vou montar!

— Olha, João, esse quebra-cabeça é pra gente grande. Você acha que vai conseguir montar?

Ele, então, do alto de sua sabedoria de menino de 4 anos, iluminou ainda mais a tarde estendida sobre a sala:

— Olha, Elisa, não sei quase nada, mas eu já sei muita coisa.

Uma vez, meu amigo Pedro apareceu, enfim, na minha casa, para apresentar seu tão bem-anunciado filho. E lá estavam. Quem era o

José? Os olhos azuis de bola de gude, um azul de não deixar dúvida, as palavras todas tendendo à poesia, um olhar com todo um acento poético, um menino radiante a olhos vistos. Dia claro de domingo, o bichinho parecia brilhar mais que o dia, devia ter uns 3 anos e meio, talvez, e disse:

— Pai, gostei da casa da sua amiga, posso morar aqui?

— Meu filho, a gente tem a nossa casa, não podemos morar na dela.

Vendo que ele insistia, sugeri:

— Mas pode morar aqui por uma tarde, você quer?

— Eba! Já começou?

E foi assim — ficamos, José e eu, no bojo daquela tarde, brincando de um monte de coisas. Depois, me perguntou por que o nome do bicho-preguiça era preguiça. Respondi que era porque o bicho não gostava de fazer nada, só ficava deitado no galho. Ao que seu inteligente coraçãozinho respondeu:

— Mas, Elisa, o escritório da preguiça é o galho!

José era um Deus-menino, um filósofo a ensinar-me a vida. Há muitos meninos iluminados como ele. Coleciono milhares de encontros com histórias sábias e poéticas que têm crianças como protagonistas. Só sei dizer que na tarde em que José foi para a casa dele, me deixou a inspiração para escrever um poema e, em seu nome, homenagear todas as crianças. Não por acaso, publiquei-o em *A fúria da beleza*, o primeiro livro de adultos para colorir.

Meninos São José

Toda criança me arrebata,
toda criança, por me olhar,
me arregaça as mangas do amor
e dele, desse amor,
morro de emoção.

Há nisso mais do que o fato
de criança ser igual flor,
mais do que criança ser da vida
a metáfora das coisas
e seu verdadeiro valor.
Vejo José pousando sobre a casa
as asas dele mudam o episódio lar.
Abraço José em todo riso
e mesmo quando não o tenho no colo todo o tempo...
evento de criança soprando a casa!

Eu fico com as pernas bambas
quando quem me aponta é uma criança.
José é Júlia, também Carolina, também Pedro, também
Clara, também Olívia, também Antônio, também Valentina,
também Lina, também João, também Luíza, também
Nicolau, também Juliano, Guilherme, Diogo, Jonas,
Mayara, Vinícius, Gabriel, Leon, Natassia,
José é todas as galáxias de meninos,
porque são só verdades,
belas verdades,
límpidas eternidades,
futuros mundos.
Belas!
Tenho vontade de defendê-las
das injustiças dos ditos maiores,
dos esticados que,
aprisionados,
querem aprisionar.
Por todo o sempre e agora,
toda criança quando chora,
respondo: Que foi?

Quem não te tratou direito?
Toda criança quando chora
acho que me diz respeito.

Quero as palavras delas,
a nitidez sublime das conversas
delirantes e sábias,
quero os descobrimentos que trazem
em sua transparência natural!
José voa na casa e eu pulso
no ventre como uma grávida perene, meu Deus!
Todo filho do mundo
é um pouco filho meu!

Como me amolece o coração
barulho som de grito de infância
no colégio de manhã!
Como é, para o meu frio, lá
uma mãozinha pequenina
dizendo pra mim dos caminhos...
elazinha dentro da minha,
como o dia carregando a noite e seu luar,
e aquela vozinha sem gastar,
me pedindo com carinho e desamparo:
Moça, me leva lá?

Não mimem crianças ao invés de amá-las,
para não adoecê-las
para não encouraçá-las!
Não oprimam crianças na minha frente,
vou interferir, vocês vão se danar,
vou escancarar!

Não usem crianças na minha presença,
tomarei o partido delas,
não terão minha parcimônia,
não vou compactuar!
Não cunhem nelas a tirania,
eu vou denunciar!

Sou maternal de universo,
mil crianças caminham comigo!
Sou árvore cuja semente
se chama umbigo.
Ai, toda criança
que grita "mamãe"
respondo: Que foi?
Acho que é comigo!

IV. Pátria minha

Lá vem o navio negreiro
com carga de resistência.
Lá vem o navio negreiro
cheinho de inteligência...
SOLANO TRINDADE

Adoro fazer poema por encomenda. Me sinto à altura de uma mulher amorosa que faz salgadinhos pra fora. Acho chique, como tarefa, como presente, como ocasião para que a inspiração seja àquele tema chamada. Há poemas que talvez eu não tivesse feito se alguém não me houvesse sugerido. Encomendaram um poema sobre meninas de rua. Achava que meninos e meninas de rua faziam parte da mesma miséria, mas quando fiz este poema compreendi que são misérias específicas. Não sei se a miséria do menino é menor que a da menina, ou vice-versa, sei que são misérias diferentes. Na época da feitura do poema nem havia a expressão pobreza menstrual, mas ela já estava presente na realidade e nestes versos.

Lua nova demais

Dorme tensa a pequena
sozinha como que suspensa no céu.
Vira mulher sem saber
sem brinco, sem pulseira, sem anel
sem espelho, sem conselho, laço de cabelo, bambolê.
Sem mãe perto,
sem pai certo,
sem cama certa,
sem coberta,
vira mulher com medo,
vira mulher sempre cedo.

Menina de enredo triste,
dedo em riste,
contra o que não sabe
quanto ao que ninguém lhe disse.
A malandragem, a molequice
se misturam aos peitinhos novos
furando a roupa de garoto que lhe dão
dentro da qual menstruará
sempre com a mesma calcinha,
sem absorvente, sem escova de dentes,
sem pano quente, sem O.B.
Tudo é nojo, medo,
misturação de "cadês".
E a cólica,
a dor de cabeça,
é sempre a mesma merda,
a mesma dor,
de não ter colo,
parque,
pracinha,
penteadeira,
pátria.
Ela lua pequenininha
não tem batom, planeta, caneta,
diário, hemisfério.
Sem entender seu mistério,
ela luta até dormir
mas é menina ainda e chupa o dedo.
Tem medo de ser estuprada
pelos bêbados mendigos do Aterro,
tem medo de ser machucada, medo!
Depois menstrua e muda de medo,

o de ser engravidada, emprenhada,
na noite do mesmo Aterro.
Tem medo do pai desse filho ser preso.
Medo. Medo.
Ela que nunca pode ser ela direito,
ela que nem ensaiou o jeito com a boneca
vai ter que ser mãe depressa na calçada
ter filho sem pensar, ter filho por azar.
Ser mãe e vítima.
Ter filho pra doer,
pra bater,
pra abandonar.

Se dorme, dorme nada,
é o corpo que se larga, que se rende
ao cansaço da fome, da miséria,
da mágoa deslavada.
Dorme de boca fechada,
olhos abertos,
vagina trancada.
Ser ela assim na rua
é estar sempre por ser atropelada
pelo pau sem dono
dos outros meninos–homens sofridos,
dos loucos varridos,
da polícia mascarada.

Fosse essa menina cuidada,
tivesse abrigo onde dormir,
caminho aonde ir,
roupa lavada, escola, manicure, máquina de costura,
bordado, poesia, cinema,
pintura, teatro, abraço, casaco de lã

podia, borralheira,
acordar um dia
cidadã.

Sonha ainda em ser princesa.
Ter casa com cadeira e mesa.
Sonha quem cante pra ela:
"Se essa lua, se essa lua fosse minha..."
Sonha em ser amada,
ter Natal, filhos felizes,
marido, vestidos,
pagode sábado no quintal.

Sonha e acorda mal
porque menina na rua
é muito nova,
é lua pequena demais
é ser só cratera, só buracos
sem pele, desprotegida,
destratada pela vida crua.
É estar sozinha,
cheia de perguntas sem respostas,
sempre exposta, a pobre lua.
É ser menina-mulher com frio
mas sempre nua.

Acho que deveria ser considerado crime hediondo roubo de dinheiro público: do dinheiro da merenda escolar, do dinheiro da educação e do dinheiro da saúde. Apavora pensar que essa grana vinda do nosso bolso abastece contas pessoais, paga capricho particular de um senador, de um governador, de um prefeito, de um presidente. Gente que, eleita por nós, de nós escarnece, debocha, ludibria e tripudia, usando, para suspeitosos fins, discursos que envolvam o progresso do país. É em geral em nome de nossas crianças abandonadas, nossos cidadãos desprotegidos que essas indecências costumam se eleger. Diante das desilusões, dos mirabolantes solavancos que o fim dos enganos nos proporciona, escrevi estas palavras num poema chamado "Só de sacanagem".

Era uma tarde de julho, eu havia acabado de mudar de casa e estava, entre caixas de papelão e nova fundação de lar, a me reconstruir quando recebo um telefonema da minha queridíssima Ana Carolina. Estava em Sampa e queria que eu fizesse um poema cujo mote fosse este cancro antigo na política brasileira chamado corrupção. E queria para aquela mesma tarde, pois o diria num show em Sampa que faria com Seu Jorge. Hesitei em fazê-lo devido ao volume de tarefas domésticas que me esperava para a reconstrução do novo ninho. Sem contar que, naquele momento, eu havia acabado de me sentar para começar a enfeitar e a reinventar uma almofada. Mas Geovana Pires, que estava ao meu lado nessa hora e já começara informalmente seu trabalho de assessora lírica, me propôs, generosa: "Querida, se você não está a fim de escrever agora porque está neste momento prendado, vai ditando pra mim, enquanto você borda suas florezinhas, que eu vou digitando pra você."

E assim foi feito, e assim nasceu este texto que, sem que naquela hora pudesse eu sequer supor ou imaginar, se tornaria uma febre na internet como discurso ético, por causa do sucesso no CD e uma cena no DVD Ana e Jorge.

Só de sacanagem

Meu coração está aos pulos!
Quantas vezes minha esperança será posta à prova?
Por quantas provas terá ela que passar?

Tudo isso que está aí no ar,
malas, cuecas que voam entupidas de dinheiro,
do meu dinheiro, que reservo duramente
para educar os meninos mais pobres que eu,
para cuidar gratuitamente da saúde deles e dos seus pais,
esse dinheiro viaja na bagagem da impunidade e eu não posso mais.
Quantas vezes, meu amigo, meu rapaz,
minha confiança vai ser posta à prova?
Quantas vezes minha esperança vai esperar no cais?
É certo que tempos difíceis existem para aperfeiçoar o aprendiz,
mas não é certo que a mentira dos maus brasileiros venha quebrar no
[nosso nariz.
Meu coração está no escuro,
a luz é simples, regada ao conselho simples de meu pai,
minha mãe, minha avó e dos justos que os precederam:
Não roubarás, Devolva o lápis do coleguinha,
Esse apontador não é seu, minha filhinha.
Ao invés disso, tanta coisa nojenta e torpe tenho tido que escutar.
Até habeas corpus preventivo,
coisa da qual nunca tinha visto falar e sobre a qual minha pobre lógica
[ainda insiste:
esse é o tipo de benefício que só ao culpado interessará.
Pois bem, se mexeram comigo,
com a velha e fiel fé do meu povo sofrido,
então eu vou sacanear: mais honesta ainda vou ficar.
Só de sacanagem!
Dirão: Deixa aê ser boba, desde Cabral que aqui todo mundo rouba,
e eu vou dizer:
Não importa, será esse o meu carnaval,
vou confiar mais e outra vez.
Eu, meu irmão, meu filho e meus amigos,
vamos pagar limpo a quem a gente deve e receber limpo do nosso
[freguês.

Com o tempo a gente consegue ser livre, ético e o escambau!
Dirão: É inútil, todo mundo aqui é corrupto,
desde o primeiro homem que veio de Portugal.
Eu direi: Não admito, minha esperança é imortal, ouviram?
Eu repito: IMORTAL!
Sei que não dá para mudar o começo,
mas, se a gente quiser, vai dar para mudar o final!

O que é isso, companheiro?

É uma burrice quando falamos mal da política. Política vem de *polis*, um conjunto de *modus operandi* numa cidade, literalmente falando. Mas é mais que isso. Mesmo quem acha que não está sendo político, está sendo ao se omitir. Seu silêncio no voto, seu silêncio na reunião, seu silêncio diante de uma coisa indigna funciona como cumplicidade.

A política lá de casa, por exemplo, era muito nítida para mim:

1. Não era aceitável tratar mal as pessoas que trabalhavam na nossa casa; o eletricista, a empregada doméstica, o marceneiro, o pedreiro, o rapaz que limpa o quintal. Todos eram tratados com afeto e respeito.

2. Não era admissível que chegássemos em casa com algum objeto sem explicar a sua origem, muito bem explicadinho: "Onde você arranjou isso? Quem te deu? Por quê?" E sobre pertences, minha avó vaticinava: "O que não é meu me faz mal."

3. Não dedurar os outros. Não fofocar, ou entregar o irmão.

4. Não se afirmar, se exibir ou humilhar alguém que tem menos possibilidades do que nós.

5. Não rir da desgraça alheia.

E por aí vai. São lições da política lá de casa. Lembro da gente criança ainda e meu pai explicando que havia quem não tivesse comida no prato como nós tínhamos, fartura. Quando chovia, minha mãe cantava: "Para mim a chuva no telhado / É cantiga de ninar / Mas o pobre meu irmão / Para ele a chuva é fria / Vai entrando em seu barraco / E faz lama pelo chão." Minha mãe cantava essa empatia e eu cresci querendo que "todo mundo fosse filho de Papai Noel". Em nossa casa, nos desenvolvemos ouvindo as utopias de igualdade de meus pais querendo educação básica para todos, desejando uma ótima qualidade alimentar para o povo, a dignidade do trabalho, a não exploração da mão de obra para lucro dos patrões garantindo eternamente a pobreza do trabalhador. Queriam que o Estado se responsabilizasse pela segurança pública, "uma polícia humanizada" — meu pai preconizava. E eram contra, absolutamente contra, armar a população desobrigando o Estado de nos proteger, expondo sua população à própria sorte. Meus pais queriam um mundo antirracista que desse oportunidade para todos, independentemente de raça ou etnia. Só muito mais tarde fui saber que isso era ser de esquerda. E nós da esquerda temos que ter cuidado para que, dentro da nossa cabeça, não atuem ainda os péssimos ensinamentos que forjaram a dinâmica da casa-grande e senzala. Vivemos um tempo de desconstrução de ilusões históricas que criaram a personalidade oficial do brasileiro. É preciso ter coragem para não utilizar mais alguns termos. Palavras como criado-mudo, por exemplo, que é um móvel inspirado naquele escravizado que ficava com a bandeja na mão parado, imóvel, enquanto as sinhás liam ou conversavam. Depois "evoluiu" para móvel. Há quem ainda dê comida inferior aos seus empregados domésticos. Há quem ainda lhes imponha uniformes. E há quem ainda preserve a expressão "quarto de empregada", a herança mais explícita da senzala urbana. Na política lá de casa, aprendi uma coisa muito simples: querer o bem de todos igualitariamente é ser de esquerda. Pensar só nos meus, em vantagem sobre o outro, desconsiderando a maioria, é ser de direita. Simples assim: coletivismo, esquerda; individualismo, direita. Alguma dúvida, companheiro?

V. Faça a coisa certa

Não sei se é a minha cor
ou este meu jeito de andar
sempre tem um detector
querendo me parar.

RAEL DA RIMA

O pessoal da orientação sexual não vai retroceder em suas lutas,
as mulheres não vão recuar nas suas agendas;
nós não vamos voltar para a senzala. E isso está colocado.
Vai ter luta!

SUELI CARNEIRO

O Brasil é um país com dimensões continentais. É imenso. É um país só, com suas pluralidades e seus desafios. Acho que todo mundo deve fazer alguma coisa pelo país, todos os dias. Aproveitemos a sorte de ter uma única língua a nos unir em tamanho gigante território. Isso facilita nossa atuação. Dos nossos consultórios, escritórios, ateliês, palcos, salas de aula, balcões de comércio, fábricas, dos nossos palcos de trabalho, a gente pode fazer alguma coisa pelo país. O que impede um professor de levar um poema como esse para a sala de aula e, a partir dele, discutir, ensinar, educar, reinventar, como fazem alguns professores e professoras deste imenso Brasil? Podemos também adotar uma criança educacionalmente. O filho da nossa empregada ou de qualquer outro que esteja perto de nós e que a gente possa, de certa maneira, acompanhar o benefício. O que quero dizer é que tem muito serviço para quem ama o Brasil, sua gente, e quer trabalhar. Como ainda somos, infelizmente, uma nação em que os princípios racistas atuam sem cerimônia, o assunto exige a atenção de todos que aqui vivem e querem que a democracia racial seja realmente uma realidade. O negócio é tão profundo que não é à toa que seja um assunto de raiz. Quero dizer que as bases históricas que, embora não justifiquem, explicam a gênese da discriminação contra os negros em nosso país estão enraizadas onde nem alcançamos e, muitas vezes, nem sabemos nem percebemos nossas atitudes preconceituosas. É inconsciente, nos foi ensinado antes de entendermos isso. Somos capazes de ações até cruéis, mas que vêm tão disfarçadas que passam despercebidas por nós mesmos, seus autores.

Se a gente reparar bem, ninguém se considera racista. Você, por exemplo, se considera? Provavelmente, vai responder que não, mas, na prática, sem que a gente perceba, durante o dia nosso cotidiano está apinhado de posições discriminatórias sem que a gente se dê conta. Com índigena, com mulher, com nordestino, com homossexual, com pobre e, principalmente, com negro. Digo principalmente porque é a maioria do povo brasileiro e é também considerado minoria na escala de valores humanos em nossa sociedade. É como se uma pessoa "de cor" fosse considerada de segunda categoria na tabela dos homens. Aliás, a própria expressão "de cor" revela-se absurda, porque todo ser humano tem uma cor e um tom. Quando perguntavam à minha vó se fulano era preto ou moreninho escuro, ela respondia rindo: "Ah, meu filho, passou de seis horas da tarde, é noite."

As flores do mar

Sempre quando pergunto ao público quem é espiritualista ou espírita, muita gente acena confirmando que é. E quando pergunto se há alguém do candomblé ou da umbanda, às vezes, numa plateia de mil pessoas, só duas ou três levantam a mão. Quando levantam. No teatro eu sei disso porque ecoa um silêncio constrangedor nesse momento. É o silêncio da mentira e, muitas vezes, o silêncio da negação de si. Macumba é uma palavra ainda injustiçada. Já foi proibida e provoca medo no senso comum. Parece que ficou associada à magia negra e, num país onde muitas expressões cujo adjetivo é negro, preto ou escuro, costuma estigmatizar, como confirma o verbo "denegrir" para o substantivo que está a qualificar. Das que eu conheço, a única que não é pejorativa é "grana preta". Por isso, sugiro que reparemos em como tratamos o tema dentro de vários tópicos de nosso dia a dia. Se a gente limpar a palavra do peso do preconceito, macumba pode ser uma palavra boa. Mas como não é de bom-tom usá-la, dizemos que somos "espiritualistas", e de mesa branca ainda por cima. Diga-se de passagem, esta história de mesa branca compromete muito o filme do espiritismo, não é? Parece que a mesa preta, que deve ser prima da magia negra, também não presta.

Não estou aqui defendendo essa ou aquela crença, mas lamento que a ignorância nos deixe tão órfãos de muitas sabedorias africanas. Podemos ver a religião como cultura mais que tudo. E é. A prova disso é que mesmo o mais fervoroso dos católicos já jogou uma flor para Iemanjá. Como Iemanjá não é uma entidade católica, quem jogar flor para ela está envolvido. Na mitologia negra, Iemanjá é a mais materna dos orixás, a dona das cabeças, responsável pela originalidade, e mãe de todos. O Brasil é um país cujo caldeirão étnico nos oferta uma diversidade cultural riquíssima, portanto, esse assunto religioso põe os brasileiros naturalmente numa prática sincretista, misturando Nossa Senhora, Oxum, Buda, Chico Xavier, Padre Cícero, São Longuinho, Cosme e Damião, Ogum, São Jorge, Nossa Senhora Aparecida, Jesus Cristo, São Benedito, Santo Antônio, Oxóssi, Santa Luzia, Santa Bárbara, Iansã, e a lista não tem fim. Pode reparar, o que é que tem no seu altar?

Tudo isso não deveria assustar e deveríamos, essencialmente, nos orgulhar do que somos, de onde viemos, dos que nos antecederam, dos que desbravaram, dos que sofreram, dos que venceram, dos que morreram, dos que lutaram. Mas o Brasil ainda tem vergonha de ser negro. Se você tem ascendência italiana, vai falar com o maior orgulho sobre essa sua estirpe, mas, para se referir à parte negra da família, não se diz estirpe nem ascendência, diz-se "Eu tenho um pé na cozinha", como se fosse um defeito.

Um dia, num salão de beleza, uma família judia inteira, menos o pai, se preparava para a cerimônia do bar-mitzvá que haveria na casa de um primo, mais tarde. Perguntei alto em que consistia a cerimônia e a mãe começou a explicar o ritual de passagem que essa cerimônia significa dentro da sua seita, de sua cultura. Todo mundo ficou muito embevecido; ouviam o relato achando aquilo tudo muito chique. Eu me perguntei naquela hora, intimamente: se essa fosse uma cerimônia africana, ou seja, se uma mulher do candomblé ou da umbanda contasse, em um salão de beleza, que levara o filho a uma festa de Erês, que é a festa das crianças, provavelmente, dependendo do bairro, o comentário dos demais ouvintes, logo após a sua saída, seria: "Ah, coitadinha, a pobrezinha da criança na macumba. Ô, dó."

Culturalmente, pouca gente no Brasil pode escapar da mistura ritualística em crenças e festas. Não há perigo. Relaxe. A fé é como a água, caminha entre as pedras e acha os seus percursos. Fui na festa do dia dois de fevereiro na Bahia, porque era meu aniversário, e vi na rua tamanha reserva de esperança naquelas senhoras, naqueles fiéis de todas as religiões vindo de inusitados cantos do Brasil para jogar suas flores no mar e para pedir o fim de todas as variedades de guerra. Iemanjá, toda de azul, parece que atendeu a todos sem cerimônia e sem preconceito. Esta festa é fundamentalmente de gratidão. Muitos fiéis, filhos e devotos da rainha do mar, oferecem a ela seus barquinhos coloridos com fitinhas e flores brancas e azuis, e tudo sob o aroma de alfazema dominando o ar. Uma bênção.

O amuleto de Ogum

Faz muita falta nas escolas os ensinamentos dos povos originários. Sabemos mais sobre a mitologia grega do que sobre os simbolismos negros e, por que não, sua mitologia? Por que não a tratamos como tal, com respeito científico? Por que, academicamente, a arquitetura idílica da cultura africana, que edificou seus mitos e neles construiu sua cultura, não é reconhecida como tal? Resultou que a escola brasileira, digo o sistema educacional brasileiro, é analfabeto de sua origem negra e de sua origem indígena. Não há respeito nem estudo dessas línguas e destas culturas que nos aproximam, ou melhor, que não nos afastam da natureza. As representações do sagrado desses povos originários têm como panteão a natureza, e seus deuses são nada mais nada menos do que o sol, a tempestade, a cachoeira, os mares, os ventos, os rios. No mínimo, faz falta do ponto de vista do saber da sustentabilidade.

Resultou que temos medo da palavra macumba, que quer dizer batuque, da palavra amuleto, que quer dizer proteção. No entanto, em toda casa tem um quadro de São Jorge, uma espada de Ogum, um pé de arruda. É atávico. Escapou. Em meio ao massacre dos valores da branquitude espremendo a nossa história. Há muita coisa que não sabemos que sabemos, seria só o caso de despertar. Há uma verdadeira medicina concentrada nas ervas, que é chamada pela razão dominante de superstição. Enquanto em Maputo, há até universidade de feitiçaria. Isso não tem nada a ver com demônio, o demônio não existe no divino africano. Os deuses são ancestralidades que continuam aqui através de nós. A empatia e o acolhimento dos terreiros, nada disso é ensinado nas escolas por puro preconceito e o Brasil segue como se tivesse desenvolvido uma doença autoimune não se reconhecendo como ele é. Conheço pessoas e, entre essas, muitos brancos, que são macumbeiros escondidos dos outros. E mentem: "Ai, graças a Nossa Senhora, eu consegui resolver o problema do meu emprego." Quando, na verdade, não foi à Nossa Senhora que ela pediu, foi ao terreiro. Lembro de um senhor que me contou que, por acaso, ia passando na porta de um terreiro e disse:

— Já que eu tô aqui, né, passando por acaso na porta de um lugar desses, vou dar uma espiadinha de curiosidade. Você sabe, eu sou católico, não acredito nessas coisas. Mas respeito muito. Olha, está escrito "Ilê do pai Xoxó". Então é aqui, já tinha ouvido falar. Dei sorte porque eu perguntei: "Pai Xoxó, tá aí?" Pai Xoxó tava. Porque todo mundo acha Pai Xoxó tão ocupado, graças a Deus consegui marcar um horário. Ainda bem que Pai Xoxó tinha. Entrei. Veio falar comigo um velhinho todo alquebrado, se tremendo todo. As costas curvadas, olhando para o chão, se apoiava no cajado, um fio de voz: "Ô, meu fio! Se meu fio tem problema, Pai Xoxó tá aqui. Pra ajudar, pra elevar, pra benzer..." E veio andando em minha direção e eu pensando: "Gente, o homem não tá aguentando nem com ele."

"De repente, em plena luz do dia, de repente, Pai Xoxó fechou os olhos, pareceu que sentia um certo tremor e, imediatamente, ressurge com se tivesse um metro a mais do que era, gigante, voz potente, gargalhada farta e olhar extremamente jovem: 'Boa noite, moço. O cavalo tava tremendo, mas quando Paqui chega, ele para de tremer e o chão é que começa a tremer. Paqui vai te ajudar, porque a especialidade dele é os caminhos, as estradas, o destino, as palavras do resolver.' Eu fiquei mudo, Elisa, estatelado. O homem era forte, mais alto que Pai Xoxó, e como poderia habitar o corpo de Pai Xoxó? 'Como é mesmo o seu nome?' E ele respondeu: 'Paqui, eu sou Exu. Exu Paqui.'"

Foi muito engraçado esse episódio. Exu é mesmo uma entidade divertida, irreverente, sexualizada, mas nada relacionada a coisas ruins. Tem equivalência com Prometeu, um mito grego. Transita na terra entre deuses e homens. E a eles leva a luz. Pelas ruas do Brasil, vemos placas com nomes de ruas, monumentos que homenageiam homens que mataram índios e torturaram negros, ou seja, há muitos equívocos em nossos vultos históricos. De modo que a história condecora nossos algozes. A intolerância religiosa impede que as pessoas possam encontrar seus pais e mães de santo nas cadeias e tira a paz de muitos terreiros e fiéis quando passam com as suas inocentes oferendas.

Noutro dia, no meu aniversário, preparei um barquinho florido e nele depositei flores e uns bilhetinhos meus e dos meus convidados com gratidões, pedidos e mimos para a Rainha do Mar. No outro dia, em Copacabana, lá pela tarde de domingo, fui à praia levar. Eu, com o barquinho azul na mão, com fitinhas de cetim penduradas, percebi quando a mãe puxou a mão da criança, na mesma calçada: "Vem pra cá, menina! Olha esse negócio passando aí." Um outro senhor se benzeu. Primeiro, pensei em desaparecer, sumir, ser transportada logo para a beira do mar, mas, logo depois, se apresentaram os guerreiros: Ogum, Oyá, Oxóssi, na minha frente, no panteão da minha alma. Aí eu pensei: Ah, é guerra? Então vamos lá. "Passa barquinho, no meio das ondas do olhar, Iemanjá respeita a gira, recebe a chuva de Oyá. Oyá, Odoyá..." E fui cantando aquilo alto, minha voz rasgando a tarde, as pessoas foram abrindo alas. Uns diziam: "Eu acho que é teatro." Outros: "Estão filmando? Eu conheço ela." Só sei que minha canção abriu alas e ela era o meu amuleto.

Olhos que condenam

Esse assunto pertence a todos: o racismo tem que entrar na nossa pauta diária. Precisa ser tratado em palavras na mesma medida em que acontece em ação. Quero dizer que este é um tema grave e todo mundo, de qualquer origem, deve entrar na conversa. É complicado, eu reconheço, porque fomos criados acreditando que vivemos numa democracia racial, quando é assustador concluir que não é bem assim. E a nossa linguagem, que é o tratado da comunicação de um povo, está apinhada de expressões que revelam nosso pensamento em relação ao tema. Tanto é que conheço gente estudada, pós--graduada que, sem perceber, ainda chama cabelo crespo de cabelo ruim. Não, não estou falando de você. Estou falando do pessoal que não está me lendo agora. Trata-se de uma atitude tão imperceptível, a ponto de o adjetivo "ruim" ocupar o lugar do nome do cabelo. Inversamente como acontece com o cabelo liso, cujo adjetivo "bom" é sinônimo daquele tipo de fio. Como terá surgido essa gíria? Quem a teria inventado? Como se institucionalizou assim entre nós?

Isso tem origem escravocrata e não deveria, em pleno século XXI, ainda estar em vigor. Parece que a gente fala sem pensar no significado. Mas, para quem presta atenção nas palavras, isso toma outra dimensão, e, aos ouvidos de uma criança, então, nem se fala. Meu Deus, neste país há gente que ainda vive constrangida com seu cabelo crespo como se fosse uma doença capilar, sofrendo preconceito ao olhar de todos. E aí, constrangida por isso, quer esconder-se. Lembro-me de uma vez na Bahia, a mãe, negra, de cabelo alisado, me apresentando a filhinha: "Elisa, venha conhecer a Amanda, minha filhinha, tem 5 aninhos, e é a coisa mais linda, minha princesinha; pena que o cabelinho da bichinha é ruuuuuuim. Ó paí, ó!" Me lembro muito do rosto dessa menininha, uma carinha de oprimida nesse momento. Claro, quem é que quer ter uma "coisa ruim" logo em cima da cabeça, que é a diretoria da gente? A pior situação é a do aluno, e em particular do aluno de escola pública, que tem que passar pela antieducação de cenas como esta:

— Ô tia, com quem que eu vou dançar quadrilha?

— Você vai dançar com a Luíza.

— Quem é Luíza?

— Luíza é aquela escurinha do cabelo ruim, que ficou reprovada no ano passado.

Falando assim, ninguém vai querer dançar com a Luíza. Além do quê, nem é preciso comentar o absurdo de um professor ensinar exclusão, com o dinheiro público ainda por cima!

Sei que todos os dias neste país, em muitas escolas, meninos negros são escalados para fazerem papéis de bandidos e meninas brancas, louras, para viverem as princesas. Como se o assunto de reinado só pudesse ser branco até no mundo de faz de conta infantil, lugar sagrado reservado aos sonhos, aos finais felizes, às utopias naturais. Reconheço que o professor, sem pensar, vai reproduzindo o que lhe foi ensinado tão organicamente que nem percebe a deseducação que exerce. Quando orienta que o aluno alise o cabelo como sinônimo de tratamento, quando julga que meninos pretos só podem ser os feios e vilões do elenco, está, inconscientemente, perpetuando a cultura insana da desigualdade. Atenção, querido mestre, observe se você não está induzindo, por palavras ou ações, seu aluno a negar sua história e a não saber que pode interferir em seu caminho.

Uma escola atrapalhada

Em tantos anos convivendo com tanta gente, aprendendo poesia, dando aula, me deparo sempre com altas sequelas deixadas por uma estrutura de ensino que frustra brancos e traumatiza negros. Não é raro encontrar tristíssimas histórias, absurdos relatos de crianças que, hoje adultas, passaram pela tortura e humilhação de serem ridiculamente expostas na sala de aula e de viverem momentos de *bullying*, muitas vezes capitaneados pelo próprio professor. Na Casa Poema, onde ministramos nossos cursos de poesia falada, muitas vezes há alunos que quase desmaiam na hora da apresentação, suam frio, ficam verdes, em pânico, talvez nem lembrem do detalhe, nem tenham clareza da gênese daquele trauma. Mas é nítido que aquela criança sofreu mau trato pedagógico e escolar. Mas não há muito o que esperar de diferente de uma instituição que ainda chama o conjunto das matérias de "grade curricular". Ora, o saber numa grade? E aquela "sirene" entre as aulas? Não deveria ser uma música composta por algum artista do próprio colégio? Esses exemplos são a imagem de uma escola opressora e que não vê, no saber, um lugar de prazer, de alegria, não vê o conhecimento como uma aventura da curiosidade, emocionante, surpreendente e que, por fim, nos ajuda a viver. Estudamos para aprender a viver. É para isso a escola. Toda escola afastada da vida está fadada ao fracasso.

Como vivemos numa sociedade em que a branquitude dá as cartas do jogo, a criança ainda recebe boa parte de sua educação formal e informal com grande presença das figuras brancas em espaços de poder: são heróis, patrões, princesas, príncipes, heroínas, empresários bem-sucedidos, são os donos da bola na maioria do material didático e dos estímulos visuais das publicidades em TVs, redes sociais, revistas, programas de entretenimento etc. Isso traz o racismo estrutural para dentro da escola e o automático desacolhimento da criança negra por parte da professora branca. Uma vez, uma mulher, a Eneida, aluna minha, me contou que não entendia por que, quando criança, a coleguinha dela, Isabel, que era loirinha, branquinha, da mesma idade dela, 6, 7 anos, era abraçada, beijada e cheirada pela professora enquanto ela não recebia um abraço sequer. Levava flor, dava maçã da merendeira dela para a professora que, de longe, respondia: "Obrigada, querida." Não era do mesmo jeito que falava com a Isabel, que sempre colocava no colo antes de começar a aula. Eneida me disse que, como era pequena, pensava: "Por que será que eu não agrado a professora? Será que fiz alguma coisa errada?" Era uma criança com culpa por não ser gostada.

O racismo na sala de aula traz desacolhimento e a escola é a primeira sociedade fora da família que a criança frequenta. É como se fosse um ensaio da vida social. Por causa desses fatos é que não acredito mesmo em todo mundo que diz: "Eu adoro criança." A pergunta é: de qual criança você gosta? A pobrinha? A sujinha com o abandono? A com síndrome de Down? A negra? Se você gosta tanto delas, por que nem liga para as crianças negras soltas nas ruas deste país em franco desamparo, vendendo bala de madrugada, vulneráveis? Dessas crianças você gosta também?

Como não são bem recebidas nas escolas têm que enfrentar os desafios do conhecimento sem o amparo do corpo docente, sem a confiança no mestre, sem o porto seguro do amor de quem ensina. Uma criança que tem, muitas vezes, seus orixás desrespeitados, sua cultura, sua história mal contada no banco escolar, aprende a não gostar de si. E tem que, muito cedo, elaborar a exclusão, o preconceito e o violento racismo tão autorizado ainda dentro dos colégios. Quando meu filho tinha 5 anos, veio de uma festinha de aniversário do coleguinha dizendo: "Se eu tivesse o cabelo liso, eu teria mais amigos." Até hoje dói escrever isso. Até nessa hora de agora. Me lembro de ter pensado: "Que pena! Meu filho tão novinho já conhecendo o racismo que ele não conseguia explicar nem me contar em detalhes. Só sentia." Na hora tive vergonha da notícia podre que eu trazia do mundo adulto.

O mestre Paulo Freire dizia: "O amor é o pai do ensino." E sem ele não tem processo de aprendizagem. Muitos alunos pretos fizeram das tripas coração para serem bons alunos e terem bom desempenho em meio a esse mar de desamparo. Sem acolhimento não tem aprendizado. A escola racista deve deixar de ser essa escola atrapalhada e cruel para se tornar a escola da vida.

Prenda-me se for capaz

Fui comprar xampu numa loja, e a dona que me atendeu tinha o cabelo meio alisado, meio crespo, uma coisa confusa. Paguei, ela me trouxe o troco e, sem prestar atenção no que dizia, disparou: "Mas ê cabelinho ruim esse nosso, hein?!" Ela foi dizer isso logo pra mim! Pra mim, para quem o assunto é prato principal, objeto de estudo, pauta, alvo. Com calma, eu só disse, elegantemente:

— Senhora, eu não partilho desse pensamento.

— Ah, eu falo mesmo lá em casa para as minhas meninas: "Ê, mas, ô cabelinho bandido!"

— Bandido? Bandido também não, agora a senhora exagerou.

— É bandido, sim, minha filha, pode reparar: ou tá armado ou tá preso!

Ai, ai, deixei a cena rindo e triste. O cabelo crespo tem características muito específicas, possui uma estrutura de fio que a maioria dos profissionais ainda não conhece nem estuda como melhor lidar com eles. É um cabelo discriminado, maltratado por muitos e que, como todos, necessita de cuidados específicos para o seu tipo. Nele não cabem produtos à base de álcool e sal, pois o ressecam, precisam é de uma boa hidratação. Se repararmos bem, é muito bonitinho um cabelo crespo, é uma gracinha, todo enroladinho, afetuoso, macio, fofinho. Tem armação, é bom de moldagem para penteados. É um cabelo diferente, mas ele não está errado, não! Pensar assim é intolerância capilar. Desse jeito, parece até que o cabelo crespo é o macaco, o primata dos cabelos, que um dia vai evoluir até chegar ao "cabelo sapiens", que é o cabelo liso.

Vamos refletir, pensando mesmo no sentido das palavras, na representação que trazem em seu bojo: como assim, cabelo ruim e cabelo bom? São vários os tipos: liso, ondulado, anelado, encaracolado, crespo... Então, veja como soa patético: "Seu cabelo é bom e meu cabelo é ruim." Seu cabelo é bom por quê? No sábado, ele faz alguma caridade? E o meu cabelo é ruim por quê? O que é que meu cabelo fez? Fez alguma coisa com o senhor ou a senhora? Porque, se ele fez alguma coisa desagradável com alguém, eu vou me retratar!

Falando sério, vamos mudar esse paradigma agora: "O meu cabelo crespo é ótimo!" Vou dar o meu depoimento: é maleável, moldável, lúdico, de confiança, é um cabelo que topa, sabe? Que chega junto. O que eu combinar com ele, está combinado: "Vamos, cabelo?" Ele me acompanha, dá para esculpi-lo e se molda de acordo com a situação: casual, sofisticada, esportiva, cerimonial, exótica. É um cabelo *up*, um cabelo para cima. Meu Deus, ele merece receber uma menção honrosa; afinal, é o primeiro cabelo à prova d'água da história da humanidade!!! Ninguém comenta isso, mas é um cabelo impermeável. Sei o que estou dizendo, eu sou do mar, minha gente, sou litorânea, nasci no Espírito Santo e vivo no Rio de Janeiro, com suas lindas praias, portanto, sei o que é isso. Ora, são seis ou sete mergulhos para realmente molhar este cabelo! Aquelas gotas que se demoram reluzentes e ficam nas pontas de nossos cabelos são a água pensando numa estratégia para penetrar! Uma vez, meu filho tinha marcado um passeio de bicicleta com um amigo em nosso bairro e, na hora marcada, já próximo ao local, o celular tocou, era o amigo dele: "Poxa, Juliano, furou nosso programa, está chovendo..." Ao que então, Juliano respondeu: "Aqui não está chovendo, não!" Só que realmente estava e ele não sentiu, pois o cabelo estava cheio, armando um fabuloso diâmetro, e era difícil para o pingo penetrar ali. Quer dizer, é um cabelo que protege a minha prole de um resfriado, por exemplo. Eu devo muito a esse cabelo, um cabelo chapéu. Para meu filho, não choveu.

Afeito às formas geométricas, é uma "juba" interativa: se você colocar nele uma touca, quando a tirar, terá assumido a forma dela, ele terá a memória da touca. Se encostar numa parede, o lado que esteve em contato com a superfície assume aquela forma reta. E tem outra coisa incrível: sua estrutura é tão firme que como ele secar, ele fica! Tanto que se eu estiver com um rabo de cavalo e tirar o lenço depois que o cabelo estiver seco, realmente não preciso mais desse lenço. Tem gente que não acredita, pensa que é mágica, acha que há um grampo escondido ali, fazendo o serviço de sustentação. É impressionante esse cabelo, é um mundo novo que ainda precisa ser descoberto no Brasil!

Você sabe que eu cresci sem ver um xampu para cabelos crespos? Agora está melhor, mas há vinte anos não se falava nisso. Hoje, é comum encontrar no rótulo desses produtos as palavras "cacheados", "crespos" ou "encaracolados", mas podemos dizer que faz parte da história recente dos rótulos de produtos capilares. Como se não bastasse, para não dizer "negro" nem "mulato", inventaram um rótulo: produto étnico. Ora, todo mundo é étnico. Todo mundo — branco, preto, amarelo — pertence a alguma etnia. São umas voltas absurdas que dão para não dizer a palavra certa. Talvez, para muitos, a palavra "negra" ou "preta" ainda ofenda...

Por muito tempo, eu vivia entrando nos supermercados ou farmácias para comprar produtos para minhas madeixas, e começava a inútil peregrinação: para "cabelos normais", para "cabelos médios". Bom, eu acabava ficando com o "secos e danificados". Quer dizer, saía de casa para ser ofendida pelo rótulo no comércio! Há também o xampu disciplinante: para "cabelos rebeldes", um xampu militar, que doma o cabelo, põe ele para marchar. Não vou usar esse produto! Onde é que o meu cabelo é indisciplinado? Ele não fez nada de mal com ninguém, não teve nenhum mau comportamento. Pois quero fatos. Qual foi a indisciplina do meu cabelo? Fale. Quem acusa é que tem que provar. Então, me diga, meu cabelo brigou com o coleguinha na escola? Vão mandar chamar a mãe do meu cabelo no colégio? Ah, tenham paciência! Indisciplinado? Um cabelo que depois que seca não se mexe?! É eclético. Os penteados são infinitos. Os modelos com trança são incontáveis. Ainda bem que cada geração negra e nova recupera tais saberes.

Só sei dizer que cresci ouvindo minhas amigas de cabelo liso dizerem: "Ai, o meu é tão liso, escorrido demais; não para grampo, não para fivela, não para lenço, não para tiara, não para piranha, não para nenhum tipo de enfeite, ai, meu cabelo não para nada!" Pois, na verdade, vos digo: meu cabelo para tudo! Às vezes penso que perdi na rua um brinco, uma tarraxinha. E, quando vou ver, não perdi nada, está aqui dentro do emaranhado dos fios, presa da teia. É um cabelo prático, e o único que conheço que, se você quiser sair sem bolsa, por exemplo, dá pra confiar a ele esta função, dependendo do tamanho, e nem precisa estar muito grande. Ali cabe batom, isqueiro, caneta, dinheiro. Serve até como porta-incenso quando se está em casa e se quer incensar os cômodos sem usar as mãos. É só enfiá-lo entre os fios do *black power* que ele ali se equilibra. Ou seja, o crespo suporta, comporta e abriga objetos leves. Mesmo desembaraçados, como dizia minha vó Maria Antônia, seu "murundu", isto é, seus maleáveis fios formam uma teia onde o objeto é capturado e ali se ajeita e ali se guarda. Se a gente muda nossas palavras para lidar com tais fios, a gente melhora o fio da história.

Eu não sou sua negra

Misturado ao patriarcado e à escrotidão com que se trata a mulher e, em especial, a mulher negra brasileira, o racismo nos desvaloriza muito. Como se fosse um feminino de segunda categoria. Como se não passássemos de escravizadas que passaram das senzalas para as dependências de empregada dos condomínios urbanos e estivessem sempre à disposição do desejo de qualquer um. Em geral, as verdadeiras chefes dos lares nas comunidades, as mulheres negras, vivem uma solidão renitente, e dentro dela ainda têm que enfrentar o desafio diário de criar os filhos que ficaram sob sua responsabilidade enquanto "ele" foi embora. Tudo que aprendemos de péssimo no funcionamento de nossa sociedade veio das lições perversas da Casa grande à senzala. Por isso, a gente tem que desaprender esse modo de funcionar e renascer como povo.

Nos últimos anos, estamos assistindo ao descalabro do que era inconfessável. Há menos de uma década, ninguém se assumia racista. Estava no olhar, nos gestos, no silêncio da rejeição, na diferença salarial, nas não oportunidades de trabalho, nas segregações de classe. Mas, agora, vários racistas se assumem e são flagrados, filmados no delito. Trata-se de uma difícil hora nacional, mas há a importância de sair de dentro de nosso acervo educacional e cívico essa espécie de carnegão. Vivemos uma hora furuncular e é bom, é necessário que saia daí esse pus, essa carne contaminada que gera o pensamento torto que insiste em tratar o negro e a negra como etnias inferiores que não recebem o respeito da sociedade. Pois o mundo tem uma dívida histórica com o povo negro, não só o Brasil. Precisamos fazer o nosso dever de casa para a redução de tantos danos. Encontramos ouro, diamante, trouxemos as tecnologias das lavouras de algodão, cana-de-açúcar, café. Inventamos a aritmética, a geometria, a arquitetura, a medicina, o papel, a escrita e o que recebemos da civilização? Ingratidão?

Medida provisória

Bem como nessa ficção do título, o Brasil se comporta regado à alta ingratidão do povo branco com a maioria, que é o povo preto. Se olharmos bem o jeito como nos negam, como nos confundem uns com os outros, como permanentemente nos desprezam, dá para perceber que grande parte do lado branco da sociedade respiraria aliviada se não estivéssemos mais aqui. Ficariam felizes livres de nós se houvesse uma medida provisória, como na trama *Namíbia, não!*, do Aldri Anunciação, que deu origem ao filme do Lázaro Ramos, que nos obrigasse a deixar o Brasil. O tempo inteiro, no Brasil, a sensação que temos é que nossa presença incomoda. Por tudo. E aí nos impedem de alçar lugares onde eles vivem, e muito bem, às nossas custas. Não precisa ser especialista em igualdade para entender que nossa desigualdade é feita pela maior parte do bolo que está concentrada na mão de menos gente. A matemática não deixa dúvida.

Tentaram a nossa eugenização. Pretendiam que a migração italiana, alemã e portuguesa fizesse tal serviço. Não rolou e eles continuam nos matando. Há lugares como a Argentina em que a população negra e indígena foi praticamente toda dizimada. Difícil encontrar vestígios de tais civilizações. Quem duvida, convido a assistir a dramaturgia cotidiana do racismo brasileiro. Apesar de vários avanços nossos, a hegemonia branca ainda está estampada semiologicamente em toda parte. Os mais ricos e poderosos são brancos. As autoridades são brancas, os modelos, as referências, as propagandas, os elencos.

Com a chegada do celular, podemos agora registrar o fato, antes era só a palavra de um preto contra a de um branco. Desde George Floyd, com seu emblemático "Não consigo respirar", o mundo mudou e vive sua hora furuncular. Especialmente no Brasil, temos que deixar sair o carnegão. Encarar a desilusão a nos revelar que não somos democratas raciais, e mais, que a nossa democracia está comprometida pelo nosso racismo. O novo tempo não pede só que deixemos de falar cabelo ruim, cabelo bom, a coisa tá preta, criado-mudo e outras variações racistas da língua. Não. O mundo pede a cumplicidade dos coletivos. Que sejamos todos antirracistas.

Se na sua casa, as crianças não têm um amigo preto, um compadre, e os pretos dali são sempre os serviçais, seu filho está recebendo uma educação racista. Não só pelo que a família diz, mas pelo que a família faz. Será que você é racista e não sabe? Se entrar num restaurante e só tiver brancos, você repara? Ainda que o episódio se dê na Bahia, no Rio de Janeiro, em Minas Gerais? Não te espanta? E se sua filha, criada com leite suíço, voltar do intercâmbio na Austrália enrabichada por um negão, qual seria sua reação: "Que bom que minha filha está feliz" ou "Meu Deus do céu, o que eu fiz pra merecer isso?". Em verdade, por causa dos ensinamentos da Casa Grande, não se costuma sonhar com um príncipe negro ou uma princesa negra. São coisas que o racismo estrutural não admite. Não é permitido. Vai dar trabalho desconstruir as mazelas deste holocausto que durou 380 anos e manchou a gênese da história brasileira estuprando indígenas e sequestrando, torturando e matando negros. Até hoje, o Brasil mata os povos originários. Aquele quadro da primeira missa no Brasil, clássico, é um quadro de violência cultural, e tem mais, não adianta orar, rezar, ajudar orfanato, hospital do câncer: o racismo não é solúvel em caridade.

Por um fio

Bom, vamos ao cabelo ruim. O que realmente é? Cabelo ruim, exatamente, não existe, porque todo cabelo é bom, a princípio. Mas, didaticamente, podemos chamar de ruim aquele cabelo cujo portador está com os seus 40, 50, 60 anos, às vezes antes disso ou depois; o que importa é que o indivíduo está num momento em que tudo na vida parece florescer, está em tempo de colheita depois de tanto plantar. E, nesta hora, a despeito de tantos saberes e experiências, com reuniões tão importantes pela frente, este homem tem que seguir sozinho, pois cadê o cabelo que estava ali? O cabelo deu no pé! Cabelo não é para dar no pé, cabelo é para dar na cabeça!

Realmente, é uma experiência difícil. Na hora em que o indivíduo se torna um grande profissional, cheio de eventos importantes pela frente, tem que seguir "destelhado". Devo dizer que não tenho nada contra carecas, não. Acho, muitas vezes, chique, um charmoso look que, às vezes, até reforça, acentua o masculino daquele homem, e ele fica mais atraente. Só não acho justo. O combinado não era esse. O combinado era: já que nascemos juntos, vamos juntos até o final. Poxa, que cabelo é esse? Um cabelo que sai antes de o filme acabar? O que aconteceu com ele? Caiu? Partiu? Se partiu, voltará? São perguntas que ficam sem respostas. Nesse sentido, esse cabelo que abandona a cabeça na hora em que a pessoa mais precisa pode ser considerado um cabelo desertor, um cabelo ausente, um cabelo traidor, um cabelo mau-caráter, ou seja, um cabelo ruim!

Na verdade, a brincadeira com esse difícil tema é só para exercer uma forma bem-humorada e didática de aprendermos a não reproduzir mais esse conceito. Portanto, a partir de agora, depois de ler este livro, quando alguém comentar nas rodinhas, na repartição, nas festas, no salão de beleza, que fulano tem cabelo ruim ou cabelo bom, você pode se posicionar: "Olha, agora não se fala mais assim. Estou falando porque fui ao teatro, li num livro, enfim, me atualizei. Chama-se cabelo crespo e cabelo liso, respectivamente."

E digo isso porque sei da inocência de quem profere essas expressões. Muitas vezes, é a própria mãe que ensina ao filho a falar assim. E o menino chega na escola, no primeiro dia de aula, já apontando, sem saber, com discriminação: "Iiiih, o cabelo de Manoela é ruim!" Está claro que não é a melhor maneira de se começar um relacionamento letivo. Não produz harmonia nem paz essa oração-ação. Mas a criança é inocente. Foi a mãe quem disse isso. Foi ela quem ensinou. E a mãe também é inocente, porque não pensou, disse sem pensar, sem perceber que estava fazendo algum juízo mais profundo com este simples adjetivo. Ela não alcançou a consequência do próprio ato. Tanto é que esta mesma mãe trabalha à tarde numa ONG pela paz e certamente não está ligando uma coisa à outra. Provavelmente, não vê que o raio de ação de uma expressão como essa está longe de produzir a paz. Creia-me, como nos recomenda o talentoso Spike Lee, fazer a coisa certa no cabeludíssimo tema das discriminações pode fazer a diferença para as gerações futuras. Pois faça a coisa certa na escola, nos consultórios, nas festas, nas repartições e em seus balcões, onde uma enorme população negra se debruça diariamente, segurando nas mãos o amarelo papel de seu direito, tão desrespeitado, e recebe sua dose oficial de desprezo.

Pensando agora e outra vez com a síntese do olhar poético que uma criança pode ter, e que, sem saber, ilumina mais que muitas catedráticas filosofias, eu me lembro das palavras sábias de meu filho Juliano quando tinha só 4 aninhos, e que põem por terra qualquer segregação: "Mãe, sabe por que eu gosto de você ser negra? Porque combina com a escuridão. Então, mãe, quando é de noite, eu nem tenho medo, tudo é mamãe e tudo é escuridão."

A herança ou O último quilombo

Devagar, persistente, sem parar,
caminho na estrada ancestral do bom homem.
Herdo sua coragem,
herdo a insistente dignidade
daquele que morreu lutando pela liberdade.
Caminho, me esquivo, driblo, esgrimo.
O inimigo é eficiente e ágil.
(Ninguém me disse que era fácil.)
Argumento, penso, faço,
debato no tatame diário.
Retruco, falo, insisto em toda parte no desmantelamento do
[ultraje.
Embora também delicada,
a força da emoção,
esta que nasce do coração,
não é frágil!
Sigo firme, ajo.
Por mim não passarão
com facilidade os que ainda creem na superioridade de uma etnia
[sobre a outra!
Por mim, pelo gume de minha palavra alta e rouca

não se sobreporão fascistas, nazistas, racistas, separatistas
qualquer ista, qualquer um que me tente calar, amordaçar minha boca.
Não mais haverá prisões,
ó grande nave louca,
para a minha palavra solta!

VI. Amor, império dos sentidos

A bússola do amor é o autoconhecimento...
amar é uma jornada poética.

RENATO NOGUEIRA

De todos os sentimentos que conheço, o amor é o que mais promove a festa dos sentidos. É em seu cardápio que melhor ressignificamos as mensagens do outro que nossos fiéis sentidos nos trazem: cheiros, tatos, visões, escutas, paladares e intuições, tudo acaba por ferver no tacho das paixões. Sob as lentes do amor, o mundo pulsa diferente. Na alquimia do cotidiano amoroso, estrelam massagens nas costas, nos pés, canções e gemidos da trilha sonora, perfumes, vinhos, salivas, paisagens de corpos, afagos e gestos de afeto. Tudo isso, esse furor de sensações, mapeia nossa cartografia, faz o subjetivo gráfico de nossas uniões, que se explicam porque o amor, quando vem, nos energiza e potencializa forças e vigores onde os sentidos imperam. A condição para que o amor chegue a cada um é só a de estar vivo. Pode acontecer a qualquer um, entre pessoas de qualquer sexo ou idade, a qualquer hora em qualquer tempo. Beleza, que é um negócio que não enfeia nunca quando vem de dentro, todo mundo tem a sua.

Beleza pura

Nada digo de ti,
que em ti não veja.
ELIANA ALVES CRUZ

Nenhum ser humano é igual ao outro e considero um luxo que a originalidade seja uma característica natural da gente. A natureza nos dá a regalia de sermos, cada um, ao nosso modo, precioso e único exemplar. É um processo sofisticadíssimo! A coisa se dá de modo que nenhum irmão é igual ao outro, ainda que sejam gêmeos, e nenhuma mão é igual à outra, ainda que sejam da mesma pessoa. Então, por que ficamos nos pasteurizando? Então a natureza se esmera em nos fazer singulares e a gente estraga o trabalho da natureza querendo ser em série? Ora, sejamos originais! Não é difícil, não se trata de uma coisa que tenhamos que inventar, já nascemos assim. Aproveitemos! Dentro de cada natureza há a sua própria beleza e estamos autorizados a ser o que nós somos. Temos a inclinação, de nascença, de ser o que tendemos, o que herdamos e, também, o que queremos, e de nos transformar, pois o ser humano pode ser sempre surpreendente, já que está em permanente mutação.

Quando caímos nos cárceres dos dogmas radicais e opressores que algumas leis culturais nos impõem, perdemos essa característica, podemos perder a natural qualidade de ser quem a gente é. Quando acreditamos que beleza é só estereótipos brancos, quem não for como eles vai fazer o quê? Se matar? É quase isso, pois ficar querendo ser o outro é um desejo eternamente frustrado, sem gozo, sem glória possível. É uma operação suicida. Não se pode ser o outro. Essa vontade faz com que uma garota peça ao pai uma cirurgia plástica para que fique com o nariz igual ao da moça da TV. Afora o fato de que aquele nariz, provavelmente, vai ficar parecendo um ET num rosto que não é do mesmo tipo, da mesma árvore. É, antes, dever do médico consciente orientá-la para que se aceite e se goste, e é hora também de o pai dizer com franqueza responsável: "Não, meu amor, aquele nariz papai não pode te dar porque aquele nariz é da moça. Papai foi ao teatro, leu um livro que fala disso, papai mudou de atitude."

Querer ser o outro causa frustrações irremediáveis. As belezas são variadas, infinitas. Múltiplas e incalculáveis são suas combinações. E quando esparramamos o assunto no Brasil, neste caldeirão étnico de inúmeras possibilidades, vemos que o país é lindo e privilegiado. Vamos ampliar esse conceito, limpar os nossos olhos, viabilizar mais possibilidades de encontros, alçar novos horizontes, escassear em conceito nossas solidões.

Uma vez, vi uma garota de uns 14 anos, numa comunidade vulnerável onde demos aula de poesia falada, chorando, me dizendo que se tivesse os traços finos seria mais fácil encontrar um namorado. Cortou meu coração. Ela era linda! Uma negra com uns acentos orientais maravilhosos, parecia uma escultura. E tratada como feia, e castigada pelo horror desse tal dogma de "traços finos"; quem inventou isso? Quem falou que não pode ser mais largo um nariz, mais grosso um lábio? Cuidado! Isso é concordar com os fundamentos de Hitler, o que dizimou parte da humanidade focado num único e só admissível modelo humano. Não é assim que funciona o coração, nem o amor possui uma única lógica. Então, se uma pessoa é gordinha, ela está, por causa disso, fora do mercado emocional? Mentira. O amor tem suas razões, seus motivos. Acaso sabemos quem foram as musas ou musos que inspiraram as nossas mais belas canções de amor? O amor não quer saber disso! São encaixes de variadas combinações emocionais, físicas, metafísicas.

Amor é encantamento, pode acontecer a qualquer um, a qualquer hora, sem avisar e em qualquer tempo: entre velhos e velhos, idosos e novos, homens e homens, homens e mulheres, mulheres e mulheres... É esse seu mistério. Afinal, estamos falando do amor, o primeiro "Photoshop" da história da humanidade! É ele que dá aquela ajeitada. Sabe aquele provérbio, quero dizer, aquele verso "Quem ama o feio bonito lhe parece"? Pois é, existe por isso, porque o amor ajeita a estética da embalagem e a estética do conteúdo para se justificar: "Ah, ele está assim porque bebeu, mas ele, quando está bom, é ótimo!"; ou então: "Ai, que saudade daquela barriguinha dele." Por causa do amor, tantas migrações se dão. Por causa da sua lógica, achamos pertinho longas distâncias e as percorremos com prazer porque, ao final, o amor estará lá e sua presença fará ter valido a pena pés descalços e areia quente.

É bom estar atento a cada particular beleza ou ao que entendemos como feiura no corpo da gente, aceitar o pacote e compreendê-lo, lembrar que, no subjetivo, tudo é muito relativo. A beleza oriental tem outras referências e é bom limpar os olhos para vê-la. Senão, ficamos muito limitados. É burrice dizer "Japonês é feio, é tudo igual". É ao contrário, o que se estranha é a diferença. Japonês é diferente de você, só isso. Afinal, estamos no mundo, que não é só de uma tribo. Sei que, por causa desses cárceres, tem adolescente se achando gorda porque não é tão esquelética e desnutrida como aquela modelo anoréxica, coitada, da capa da revista. Mas a moça da revista está doente. Não poderia agora ser modelo de nada são.

Por causa desses preconceitos, achamos iguais entre si: negros, japoneses, chineses, índios, nordestinos, impedidos que estamos de reparar na beleza única de suas belezas em cada um. Por isso acreditamos em tudo que nos vendem. Até quais belezas apreciar.

Tem gente que se casa por causa daquela propaganda de margarina no café da manhã, com cheiro de café, pão quentinho, crianças bem-nutridas, aquela felicidade rica e branca que tanto vemos na televisão. Conheço muitos louros bonitos, mas não acredito que basta ser louro para ser bonito. Não é só esse fator que necessariamente determina uma beleza. Mas, muitas vezes, se o cara diz "Estou namorando uma loura, rapaz!", representa, para quem escuta, um sinônimo da beleza dela. E esse signo pode perdurar inclusive na presença dela, ainda que os outros quesitos que formam a beleza, para quem a vê, não reforcem o que nos foi anunciado. Tudo é tão relativo no grande tabuleiro da vida, e o amor é nela o rei do improvável. Ninguém pode ver pelos olhos dele, que alcançam lonjuras dentro do outro, nos secretos campos íntimos do ser amado. Avista as bondades e até os medos da gente. Por isso, sejamos originais, eu vos peço! Assim, todo mundo pode ser bonito, e de fato o é, está provado que cada um é um. Talvez não estejamos autorizados a não concordar com o senso comum.

O bom mesmo é engatar cedo, ou quando puder, um bom romance consigo, para que nos apresentemos à vida nos aprovando como processo e resultado. Encontremos nossa beleza no nosso próprio quintal. Observemos qual é a vocação da nossa peculiaridade. Vamos dar trabalho para o nosso chefe: "Poxa, como é que vou mandar esse cara embora? Esse cara é único!" Vamos marcar na história a nossa personalidade. Dediquemos com mais clareza o nosso afeto àqueles que se distinguem por sua originalidade. Sobre eles contarão suas histórias. Os que ficam reproduzem, espalham para o saber do mundo aqueles interessantíssimos enredos de vida. Sugiro que vivamos com tanta personalidade que nos distingam como pais, mães, amigos, sogras, amantes, parceiros: "Ah, esse vestido é a cara da Zulmira", "Esse relógio é do Zanandré. Tá escrito". Cuidado, humanidade, pecado é não ser original. Portanto, repito e imploro: sejamos originais. Honremos nossas digitais a ponto de podermos olhar nos olhos do outro e dizer com segurança: "Meu amor, você pode até partir agora, mas saiba que nunca mais vai encontrar alguém como eu!"

Cenas de um casamento

Bom, me encomendaram um poema sobre o fato de os homens não gostarem de dizer "Eu te amo". Claro que isso não inclui você, leitor deste livro, mas acontece bastante. Trata-se de um problema que afeta algumas mulheres também, mas que nos homens se faz mais notar. São efeitos dos estereótipos com os quais nos vestimos.

Fiquei refletindo sobre a encomenda, que talvez fosse uma boa hora para escrever sobre as possibilidades de estreia que podem ter aquelas mesmas palavras, porque sempre será nova a sua ocasião. Aí se abriu na minha cabeça um arquivo sobre o tema, o que me contaram, o que vivi, o que li, o que ouvi dizer. Pode reparar neste familiar diálogo entre os dois:

— Eu te amo. E você?

— Hum... hum.

— Eu te amo. E você?

— Também.

— Eu te amo. E você?

— Idem.

A palavra "idem" aqui traz um clima de escritório, de repartição, e pode medir a taxa de burocracia que aquele romance atingiu.

— Eu te amo. E você?

— Da mesma forma.

— Você me ama? Eu te amo. E você?

— Igualmente.

— Eu te amo. E você?

— Eu também.

O "Eu também" é dúbio e pode deixar, por isso mesmo, certa dúvida, porque você não sabe se a pessoa se ama também ou se te ama. Uma moça falou para um namorado: "Eu te amo!" E o cara respondeu: "Fique à vontade." Fiquei olhando a expressão de decepção dela, ali, solitária na correspondência do amor.

Há também os amantes agressivos, no jeito e no verbo. Então, diante desta pergunta, o indivíduo explode: "Se eu te amo? Como é que é? O que é que tu acha? Então o babaca aqui sai lá da puta que o pariu pra ver a porra da mulher! E ela ainda pergunta?! Ah, não, não. Eu vim passear!"

Muitas vezes, começa até uma briga, do nada. Os dois num restaurante e ela tem, coitadinha, a inapropriada ideia de se declarar para ele diante da luz de velas e do romântico clima:

— Eu te amo, Ronaldo...

E ele:

— Tu quer brigar, né? Tu quer brigar. Estava tudo muito bem, pronto, já vem você com este assunto. Inacreditável! Já estragou a merda do jantar. Está feliz? Está satisfeita, Guiomar?

Claro que as explicações que justificam estas cenas agressivas, feitas em nome do amor, variam e podem ter sua raiz na falta do tão propagado amor. Mas, por outro lado, cuidemos para que não seja uma obrigação a declaração e a pergunta, certa intimação. Perguntar obsessivamente se é amado pode revelar uma insegurança contumaz, uma necessidade que se diga, que se repita a cada hora, para que a firma deste amor seja oralmente reconhecida não sei quantas vezes ao dia. Tem gente que exige: "Ah, ele tem que falar que me ama ao menos seis vezes por dia, hoje ainda faltam três!" Então, o que deveria ser uma espontânea declaração para o amante se transforma numa chatíssima obrigação e, em pouco tempo, comporá a burocracia emocional daquele casal.

Há declarações que, por mais românticas, não são bem recebidas pelo parceiro ou parceira desconfiado:

— Eu te amo, querida!

— Hum... O que é que você andou aprontando? Alguma coisa errada você fez, marido, você não é disso!

Penso que estes acontecimentos têm por base uma grande dose de desconfiança, que é outra inimiga do amor. E pode ser que a mulher fale assim porque não esteja acostumada a receber palavras de amor daquele homem. Estão tão distantes neste quesito que o que era carinho verbal parece uma espécie de álibi, de mentira e, ao contrário do que intencionava, redobra a desconfiança do outro. Tanto é que há amantes que desconfiam da fidelidade do parceiro exatamente quando ele inaugura uma doçura na relação nunca antes vista. Por incrível que pareça, há ocasiões em que se declarar pode ser pior para aquele laço, vocês acreditam?

Mas há muitos gestos carregados de "Eu te amo": uma carta, um bilhete, um buquê, um beijo diferente, um olhar. Outro dia, minha amiga me ligou radiante: seu namorado deixara na secretária do celular, como mensagem para ela, o verso de uma música de Zeca Baleiro e Fagner: "Ninguém pode destruir o coração de um homem sincero." Por causa destas palavras, ela casou com ele.

A prova

Tinha tempo que eu não via o Pedro.

— Oi, Elisa, tudo bem? Sabe aquela produtora que eu era louco para sair com ela?

— Sei.

— Pois é, consegui sair com a mulher, consegui jantar com a mulher, consegui jantar a mulher, olha que beleza! Aí, fui para a casa dela, a gente transou a noite inteira, aquele apartamento lindo. Estava comigo aquela mulher linda! Ô sorte, inacreditável! Você não acredita, o dia amanhecendo, a mulher abre os olhos, parecia cinema, ela amanhecendo também, e me fala assim, olhando dentro dos meus olhos: "Pedro, eu te amo. E você?"

E eu, nervosa com o assunto, perguntei:

— Pedro, pelo amor de Deus, o que você respondeu?

— Na hora, fiquei tão atrapalhado que eu falei: "A recíproca é verdadeira."

Acho que ele pirou, pensou que era prova! De onde é que ele tirou isso naquela hora?

Aí, fui mesmo me aprofundando na questão e descobri uma coisa — se eu estiver enganada, me corrija: creio que as pessoas, ao burocratizarem o afeto, concluem que a expressão "Eu te amo" tem aquela validade, a eterna. Então, o cara pensa: "Se já falei uma vez que te amava, para que vou ficar repetindo?" E ainda reitera verbalmente: "Mas será que você não se lembra, não, do ano passado? Que eu falei isso, era aniversário do teu sobrinho, você estava até com a empada na mão? Lembra? Empada de galinha?" (confesso que nesta parte me pareceu que ele grifou a palavra "galinha").

Mas percebo que a pessoa acha que num romance não precisa haver romance. Que já está comprometido, já é romance mesmo, não precisa haver amor. Agora você vê? Infelizmente, sei que há casais que vivem juntos durante dois, três, oito, doze, vinte, trinta anos em cima de um único "Eu te amo", dito apenas no dia do casamento, e nunca mais ninguém tocou no tema!

Vários casamentos no funeral

Tem muita gente assim, mesmo. Já percebeu aqueles casais que vão ao restaurante e não conversam? Eu nem como, fico só reparando... Um casal mudo, sem palavras, sem olhares, sem ligação. Quem repara vê e o que se vê é o oposto da paisagem lírica e indubitável que exala de um casal apaixonado! É triste de olhar: ficam aqueles dois ali, a gente sabe que não é briga — a briga tem aquele climão —, quem repara sabe, ficam aquelas duas múmias, extratos de ausências, corpos presentes apenas. Eu me ponho a pensar: Que gasto inútil, não é? De figurino, de perfume, de tempo, da própria vida e do outro. Os dois, distantes um do outro, foram para um não encontro. Grita aquele abismo entre eles, o pesado silêncio parece velar aquele amor defunto. É o velório do amor. Acho triste demais. Não consigo comer mesmo, não consigo. Meu foco está nele. Acho tudo tão patético nessa hora que fico com a nítida impressão de que alguém vai falar: "Corta!" Como se fosse um filme. E é. O filme da vida. Aparentemente sem cortes. A cena é tão absurda que tem muita cara de cinema. Fico assistindo àquela cena durante meia hora e ninguém fala nada — alguém tem que falar alguma coisa, meu Deus! E o pior é que eu quero que eles falem porque quero escutar a conversa, né? No fim, quem sai prejudicada nessa situação toda sou eu, que fiquei sem ouvir ao menos uma história.

Na verdade, penso que essa cena do restaurante não é isolada. Começa em casa, com ele ou ela falando:

— Hoje vamos jantar fora, que é para quebrar a rotina!

Não gosto dessa expressão. Parece que alguém vai dar uma porrada na cara da rotina. Não adianta nada quebrar a rotina, ela não é para quebrar! De que adianta se a gente quebra e cola no mesmo lugar? A rotina deve ser maleável, inaugurável e cheia de descobertas por dentro, não precisa ser agredida para se tornar melhor.

Em nome do pai

Acho que falta estreia em alguns laços amorosos. Há uma hora em que muitas pessoas não estreiam nas relações. Mas, graças a Deus, neste mesmo restaurante onde janta o casal calado, está quem? Quem? A criança. A especialista em estreias, pulando saltitante, exultante diante daquela ideia gastronômica que agrada tanto seu gosto de menino; cantando alto para todo mundo ouvir no meio daquele estabelecimento: "Eba! É pizza de mussalera! É pizza de mussalera! Eu vou comer pizza de mussalera!"

É a mesma pizza que ele comeu ontem, mas é outra: é a que ele vai comer hoje outra vez, e pela primeira vez hoje. Por isso que o nome de uma vez nova é "outra vez", senão seria "mesma vez". É uma vez realmente nova, uma vez que nunca foi usada antes, uma vez virgem, nunca aconteceu. Hoje é "esta vez" inédita e ele, além de gostar muito daquela pizza, se dá inteiro para aquele gostar. O menino comemora aquele gosto, aquele prazer, aquela possibilidade, aquela escolha. O menino, pequeno ainda, comemora a existência, sem pensar nisso. E se entrega com todo o corpo, sem vergonha da alegria. A criança representa no corpo todo o seu desejo: bate o pezinho, pula, abre os braços e segue assim até que o inibamos com a chamada "boa educação". Aí, no meio daquela festa, vem a mãe: "Para com isso, menino! Ô, inferno! Bobo, ê menino bobo!!! É a mesma pizza, seu idiota, não tá vendo, não?! Eta comemoração besta! Garoto bobo! Não vê que é a mesma pizza, seu débil mental? Não viemos aqui ontem, bobo? Ô garoto pateta! Fica fazendo a gente passar vergonha na pizzaria, parecendo que nunca comeu pizza antes. Isso puxou ao pai dele, o pai dele é booooobo..."

Ai, ai, viver é educar. Observe que numa atitude dessas, a mãe, numa tacada só, está ensinando, no mínimo, três péssimas lições para essa criança: a primeira, é que o destino dele já está traçado, será como o pai, bobo; a segunda, é que essa mulher, ao eleger esse homem para ser o pai do filho dela, é também boba; e a terceira, mostra para o menino que o amor é essa falta de amor. Porque o garoto já ouve a mãe falar mal do pai, desautorizando-o. Ela revela que são dois inimigos morando juntos. O menino quer ensinar à mãe que se pode estrear, mas ela não sabe que pode. E podia ser na pizzaria ou em casa mesmo. Em qualquer lugar, o dia é uma página em branco à espera de nossa caligrafia. É um dia só no mundo todo para todos e o mesmo dia todo de cada um. O menino do restaurante, cuja mãe o acusa de ser parecido com o pai, de ser "bobo" e alegre como o pai, não está "quebrando" a rotina, e sim estreando nela. O moleque está autorizado pela alegria paterna, da qual parece ser direto herdeiro. E ser bobo aqui pode ser qualidade.

Esqueceram de mim?

Lamento que muitas cenas de desamor ocorram na frente das crianças. Muitas vezes, os pais, supostos amantes, podem ter no peito uma possibilidade de declaração de amor, uma chama. É tão bonito ver um homem falar: "Que linda que é essa mulher, que linda você é, que honra eu tenho de ser o pai dos seus filhos, seu companheiro, de você ter me dado esses filhos nossos, e esses filhos do seu outro casamento também. Que lindo eu ter conhecido essa nova vida ao seu lado! Como eu te amo, que bom ser seu parceiro!" E dá um beijo na boca dessa mulher dizendo "Eu te amo". Isso tudo pode ser numa segunda-feira qualquer ou dentro dum domingão, no meio de um macarrão. Enfim, sobre a mesa posta ou não, ela pode falar: "Ô, meu homem, meu amor, meu parceiro, que bom ter te encontrado na minha vida para a gente seguir juntos. Que delícia ser sua mulher, que bom, como eu sou feliz!"

Sei que há muitos gestos que são verdadeiros buquês. Já as palavras, levam no ar, e longe, as notícias. Acaba sendo uma boa cultura de paz para o mundo uma boa declaração de amor. Que nos declaremos, pois.

Ao invés disso, o que normalmente vemos é: "Vai ver se o 'banana' já tirou o carro da garagem? Mas, ê, homem banana! Nunca vi assim." E o menino vai, coitado! Ele vai sabendo que o banana é o pai dele. Vai andando com aquele passinho derrotado, desistido, inseguro, e fala gaguejando:

— Pa-pa-pai, pa-pa-pai! Mmmma-ma-mãe man-mandô pe-per-guntar se-se vo-você já ti-tirou o ca-carro da ga-garagem.

— Se eu já tirei o carro da garagem? Vou ter é que trocar de carro; a mulher parece uma baleia, rapaz, a mulher não cabe no carro, porra!

Falando assim, é até difícil acreditar que esse seja o texto de um pai falando da mãe para o filho. É um festival de desrespeitos e das muitas formas veladas de desamor, como o silêncio vazio no restaurante e o destrato cotidiano na relação doméstica. O que me assusta é que tudo isso é feito na frente das crianças! Temos que tirar a criança deste ambiente, não é bom para ela. Diante de tantas agressões, explícitas ou não, quem vê a cena não encontra nenhum resquício de que aquilo foi um dia namoro, romance, paixão. Não parece que aquela dita "união", que provavelmente começou com um simples olhar, foi um dia amor. O cenário diário daquela intimidade é uma espécie de campo de guerra, onde não há mais, ou talvez nunca tenha havido, admiração entre os amantes, por isso vai perdendo a substância amorosa.

Mas, ao ver tantas cenas desagradáveis dos adultos na presença das crianças, prefiro cenas como esta que me contou um casal amigo. No quarto ao lado, parecia ressonar o filhinho de 3 anos. Os pais foram dormir, tomaram um vinho gostoso e o fogo começa a arder em delícias a cama dos amantes. A criança estava ainda acordada ou desperta com os gemidos. Escuta a sagrada animação animal. A mãe gritava muito excitada: "Eu vou, eu voooooooou!"; e o pai completava, em tenor que terminava em falsete: "Eu também voooooooooou!" De pijama, a criança bate na porta do quarto dos pais a chorar, com a seguinte lógica pergunta: "E eu vou ficar com quem?"

Des-atração fatal

Me deixe viver
ou viva comigo.
BACO EXU DO BLUES

Minha amiga e manicure lá de Minas me disse uma vez:

— Muito obrigada por ter nos convidado, a mim e a meu marido, para irmos na sua peça, mulher! Uma bênção. Valeu demais pra nós dois!! Muito obrigada mesmo, viu?

— De nada. Mas... por que, vocês tinham brigado, Carmem?

— Não, a gente não se dá.

— Como assim? Vocês são casados e não se dão? Até hoje eu achava que a gente casava para se dar mais e melhor. Quer dizer que você não gosta dele?

— Gosto não, uai. Já tentei, mas não tem jeito. Casei com ele pra fugir do inferno lá de casa, meu cárcere como você diz, mas caí na prisão da falta de amor. Acostumei, sabe?

— Por que você não gosta dele?

— Ah, Roberto é um homem ignorante, um homem que não sabe acompanhar uma novela, não sabe brincar, nunca ri, é grosso com as pessoas e, ainda por cima, não gosta de tomar banho. E fica querendo vir sujo pra cima de mim!

— E o que é que te faz continuar casada com este encosto fedorento? Desculpe, falo assim brincando, mas sei que no amor o cheiro conta. Talvez haja para ele outro par que preserve este mesmo ritmo de higiene e goste do cheiro curtido de Roberto. Evidentemente, pelo seu relato, minha querida, não é o seu caso. (Pausa) Você nunca amou ninguém?

— Já. Ai, meu Deus, só em pensar nele, no Alberto, minha boca enche d'água. Eta homem pra ser gostoso, sô. Gentil que só ele. Foi com Alberto que eu me perdi. Ele sumiu, mas eu gosto daquele cachorro até hoje, parece. Só de falar, ó, como é que eu fico? Toda arrepiada, uai!

— Mas, Carmem, liberte-se. Você é jovem, tem nome de mulher apaixonada; disponha-se livre pra encontrar um novo amor! Você tem apenas 38 anos! Como pode se maltratar assim? Dormir do lado de alguém que você não suporta e com quem não se entende? Parece que tem nojo quando fala dele. Não deve ser bom para o pobre coitado também. Não pensam em se separar?

— Deus me livre! São catorze anos juntos! Um filho de 12. Eu não vou jogar fora quase vinte anos, né?!

Continuamos a conversa e eu disse a ela que não entendia casamento como campeonato de quem aguenta sofrer mais e por mais tempo. Já não é mais tempo de nos referirmos, como fazia a maioria de nossas avós, ao que deveria ser o amor como "a cruz que eu carrego", "meu castigo" etc. Se o amor é importante na rotina e opcional, vamos preservar a liberdade de escolhê-lo, de fazer entre nós os acordos particulares de felicidade, fidelidade e outros efes, já que em muitos lugares do mundo o casamento forçado, arranjado e prometido não existe mais. Cada casamento, cada união tem sua ética. Que existem atrações, afetos e diferenças complementares entre os amantes, eu disse à minha amiga manicure, e parece que ela concordou. Quando falei que iria botar a história dela no livro, perguntei que nome fictício ela gostaria. Por ironia e verdade ela escolheu "Carmem", nome de uma famosa ópera. Bem, nome para o drama ela tem.

O dominado

Me lembro de um jantar numa casa em que a anfitriã destratava o marido sem parar, enxovalhava suas opiniões com os cantos da boca curvados para baixo, a voz carregada de desprezo. O marido começava a dizer alguma coisa e o diálogo era mais ou menos assim:

— Eu acho...

— Hum, hum, o que você acha? E você tem que achar alguma coisa? Seu bolha!

— Não, é que eu pensava...

— E você lá pensa alguma coisa, Oswaldo? Desde quando você pensa?

E o pobre do homem se calou, humilhado e acostumado àquela diária ração de desrespeito oferecida a ele por alguém ao lado de quem ele está, teoricamente, porque quer. O que mais me espanta é que esse triste retrato do matrimônio, em que o amor está praticamente desfigurado de tão irreconhecível, este triste retrato é chamado de casamento normal. Não é peculiaridade desta ou daquela união esta virada na face da moeda do amor que rapidamente se torna ódio entre ex-amantes, embora ainda cônjuges.

Já vi esse modelo de dominação e desprezo pelo outro entre várias combinações hétero e homossexuais. "Qualquer maneira de amor vale a pena" se o amor, em seu fundamento, for preservado. Para reconhecer aqui a firma do que falo, me valho dos versos de Manuel Bandeira e peço licença para parafraseá-lo: Não quero mais saber de amor que não é libertação.

Moonlight

Estamos preparados para criar filhos a favor do amor? Que exemplo damos? Como é o amor na frente das crianças? De que maneira os filhos veem a cara do amor dentro da casa? Ponho aqui essas questões porque não vejo na heteronormatividade bons exemplos de amor assim a cada esquina. Acho até que tem melhorado, por um lado, desde minha época de criança. Apesar de meu pai e minha mãe serem um casal raro, porque se amavam, dançavam, eram bonitos, se gostavam nas belezas deles, eram ninho mesmo, os pais da minha geração eram caretas. Eram sisudos. O casamento era mesmo sofrimento. Um dos nomes do marido era "a cruz que eu carrego" e da mulher, "jararaca", "dona encrenca", "a polícia". Tinha a coisa da matriz e da filial. O cara ficava com várias mulheres numa rua só. A mulher aceitando a violência masculina. Tudo isso mudou muito. Apesar do alto índice de feminicídio, temos mais amor, muitas das vezes.

Agora, o que se vê é a intolerância em relação à orientação sexual e identidade de gênero dos filhos, do filho ou da filha que é trans, travesti, gay, lésbica. São tantas denominações, tantas variações que a natureza pode ter. Não é à toa que não temos uma digital igual a outra. Não sabemos muito, não sabemos tudo sobre o ser humano.

Agora tem muita literatura, tem coisas bem bacanas na Netflix sobre ser pai de um filho trans, uma filha trans. E a criança também pode brincar, experimentar com gênero. Enfim, é tanta coisa para ver, mas faz parte.

O que sei é que vejo cenas muito deprimentes de casais cansados um do outro, exaustos. E querendo dizer que o amor deles é melhor que o amor do outro, melhor do que o amor de pessoas do mesmo sexo. Isso não está em discussão, em disputa. Amor é amor. Mais imbecil ainda é achar que uma determinada forma de amor ganha de outra. Algumas vezes, a identidade de gênero daquele filho pode representar uma hereditariedade, um desejo não assumido dos pais.

Conheço o caso de um homem que diz "Nasci no meu filho" porque o filho pôde se assumir gay. Então, tudo isso tem que ser considerado. Qual o motivo de culpabilizar a mãe porque o menino é gay ou a menina é sapatão? Aliás, porque culpabilizar se não há crime? Temos todos que nos reconfigurar nesse tempo. Meninos que não sabem ouvir "não", por exemplo, crescem e matam as mulheres. Portanto, é na educação que está a chave. A chave para a guerra do mundo ou não está na educação.

Poemeto do amor ao próximo

Me deixa em paz.
Deixe o meu, o dele, o dos outros em paz!
Qualé rapaz, o que é que você tem com isso?
Por que o incomoda o tamanho da minha saia?
Se eu sou índia, se sou negra ou branca,
se eu como com a mão ou com a colher,
se cadeirante, nordestino, dissonante,
se eu gosto de homem ou de mulher,
se eu não sou como você quer?

Não sei por que o aborrece
a liberdade amorosa dos seres ao seu redor.
Não sei por que o ofende mais
uma pessoa amada do que uma pessoa armada!?
Por que o insulta mais
quem de verdade ama do que quem lhe engana?
Dizem que vemos o que somos, por isso é bom que se investigue:
o que é que há por trás do seu espanto,
do seu escândalo, do seu incômodo
em ver o romance ardente como o de todo mundo,
nada demais, só que entre seres iguais?
Cada um sabe o que faz
com seus membros,
proeminências,
seus orifícios,
seus desejos,
seus interstícios.
Cada um sabe o que faz,
me deixe em paz.
Plante a paz.
Esta guerra que não se denomina
mas que mata tantos humanos, estes inteligentes animais,
é um verdadeiro terror urbano e ninguém aguenta mais.
Conhece-te a ti mesmo
este continua sendo o segredo que não nos trai.
Então, ouça o meu conselho
deixe que o sexo alheio seja assunto de cada eu,
e, pelo amor de deus,
vá cuidar do seu.

A declaração

Agradeço a paciência, a gargalhada, a delicadeza e o mistério.
Principalmente o mistério. É dele o mérito de ter nos tornado eternos.

MARTHA MEDEIROS

Como mudamos a todo momento e nenhum de nós é o mesmo sempre, é muito bom estrear no amor. O "Euteamo" que se disse ontem não vale para hoje. O "Euteamo" que se diz na cama não é o mesmo que se diz no meio do espetáculo; não é o mesmo que se diz na festa; não é o mesmo que se diz na praia; não é o mesmo que se diz no pátio da faculdade; não é o mesmo que se diz no trabalho; não é o mesmo que se diz quando o neném nasce; ou quando um dos dois perde alguém querido, o pai ou a mãe; ou quando um dos dois adoece; ou quando um dos dois consegue uma vitória; ou quando um dos dois perde o emprego; quando o amor é entre pessoas do mesmo sexo, que têm que lutar para que a sociedade inteira compreenda e respeite aquela forma amorosa; nunca é o mesmo depois de uma noite de briga ou depois de uma noite de amor. Nunca é o mesmo principalmente se for declarado à mesma pessoa.

Por fim, depois dessa viagem por alguns porões do amor, nasceu o tal poema que me encomendaram, ao qual me referi no começo deste capítulo.

"Euteamo" e suas estreias

Te amo mais uma vez esta noite
talvez nunca tenha cometido "euteamo"
assim tantas seguidas vezes, mal cabendo no fato
e no parco dos dias.
Não importa, importa é a alegria límpida
de poder deslocar o "euteamo"
de um único definitivo dia
que parece bastá-lo como juramento
e cuja repetição parece maculá-lo ou duvidá-lo...
Qual nada!
Pois que o "euteamo" é da dinâmica dos dias.
É do melhoramento do amor.
É do avanço dele.
É verbo de consistência.
É conjugação de alquimia.
É do departamento das coisas eternas
que se repetem variadas e iguais todos os dias
na fartura das rotações e seus relógios de colmeias
no ciclo das noites e na eternidade das estreias.
O sol se aurora e se põe com exuberância comum e com
novidade diária
e aí dizemos em espanto bom: Que dia lindo!
E é! Porque só aquele dia lindo
é lindo como aquele.

Nossa sede, por mais primitiva,
é sempre uma
loucura da falta inédita
até o paraíso da água nova
no deserto da nova goela.
Ela, a água,
a transparente obviedade que
habita nosso corpo
e nos exige reposição cujo modo é o
prazer.
Vê: tudo em nós comemora
o novo milenar de si
todas as horas:
Comer é novidade.
Dormir é novidade.
Doer é novidade.
Sorrir é novidade.
Banhar-se é novidade.
Transar é novidade.
Maravilhosa repetitiva verdade que se
expõe em cachos a nosso dispor
variando em sabor e temor e glória.
Por isso euteamo agora como nunca antes.
Porque quando euteamei ontem
euteamava naquele tempo
e sou hoje o gerúndio daquela disposição de verbo.
Euteamo hoje com você dentro
embora sem você perto.
Euteamo em viagem
portanto em viragem diferente da que quando
estava perto.

Meu certo é alto, forte.
Euteamo como nunca amei
você longe, meu continente, meu rei.
Euteamo quantas vezes for sentido
e só nesse motivo é que te amarei.

VII. Assim caminha a humanidade

O que as guerras sangrentas não conseguem,
as canções dos poetas realizam.

LINO GOMES, MEU PAI

O amor é mesmo a energia mais revolucionária, mais capaz do imprevisível. É o regente da vida. Há o amor à própria vida e à vida do outro. Esse sentimento pode ocupar os nossos dias iluminando nossos mais batidos porões, clareando e mostrando estratégias para as mais dolorosas situações. A autoestima, o amor pelo semelhante, o difícil respeito pelo diferente, o amor à Terra, ao verde, ao ar, aos outros seres, aos outros animais, às tribos, ao país, enfim, pode deixar cada vez mais sem ambiente os artifícios da guerra.

Venho refletindo muito sobre as solidões. Sei que viver é uma experiência individual porque, ainda que participemos de rituais coletivos, festas, danças, crenças, enterros, viver é uma experiência particular, é por dentro de cada um que ela passa, a vida. Prova disso é que, sozinhos, enfrentamos o nascimento e a morte. Estamos diante desses eventos ainda que mais gente coadjuve ou figure no ambiente. Quem nasce e morre é quem sabe. Cada um tem diante dela o seu espanto, o seu jeito de recebê-la, manejá-la, conduzi-la, sonhá-la. Mesmo tendo para muitos tanta importância o par, em especial o par romântico, é fundamental nosso autoconhecimento, nossa conversa particular com a gente mesmo. É isso que faço quando escrevo, por exemplo. Falo para os outros, mas o primeiro destinatário sou eu. Escrevo para trazer notícias de mim a mim e mais uns esclarecimentos sobre os processos humanos que podem servir para mim e para o outro.

Mas esse negócio de a gente se dar bem com a gente mesmo, conhecer nossos rascunhos, ter intimidade com os próprios bastidores, nos leva a viver em estado de permanente harmonia em nosso casulo. O que quero dizer é que se o homem está em guerra consigo mesmo, há uma grande probabilidade de ele reproduzir esta guerra com os outros. E o risco é de todos. O bom mesmo é a gente se pegar pela mão e levar para um bom passeio pela vida da vida, solto no acaso, mas, atento sonhador, também escrevendo o próprio roteiro. Fiquemos atentos às nossas cóleras, aos nossos ódios, para que não se tornem remorsos, às nossas raivas, para que não se acumulem. São sentimentos que existem, são reais, todos sentimos, mas, pelo tanto que amargam a boca, vê-se logo que não foram feitos para durar. Por isso, dos ingredientes desse enredo, proponho que o amor seja, além de protagonista, a mais poderosa liga da mistura.

Vestida para ganhar

Claro que a vida não é sempre alegria, mas faz parte da vida isso. Ninguém aconselha: "Vai, meu filho, que a vida é fácil." Não é, a vida é difícil, viver é lutar, sobreviver, criar, encontrar soluções, compreendê-las e resolvê-las. Principalmente, quando estou com problemas, e mesmo quando não estou, gosto de andar cantarolando por aí, lembrando de uma música, aprendendo um poema, desfrutando de uma canção com sua melodia e palavras. Mas sei que nem sempre dá para cantar.

Lembro que uma vez fui fazer um trabalho numa prefeitura do interior de São Paulo. Era meados dos anos 1980, eu estava recém--chegada do meu Espírito Santo na Cidade Maravilhosa quando fui contratada para um dos primeiros recitais remunerados. Iam me pagar três vezes o valor do meu cachê na época, o que me deixou toda animada. Depois do espetáculo, fui receber. Ao que dona Magnólia, com seu vestido bege e sua clara inclinação burocrática, me respondeu com aquela voz de matar esperanças: "Ih, minha fi-lha, só sai esse pagamento daqui a quinze dias úteis e você vai ter que ligar para saber."

Aceitei. Que jeito? Era um dinheiro bom, fruto do meu trabalho, e que iria vir. Voltei para casa confiante. É certo que há os perigos de se esperar eternamente por dinheiros oficiais que vão vir, mas eu era inocente. Fui trabalhando achando que ia ser bom receber aquela importância, seria um respiro, seria um jeito de dar uma parada, me aquietar, organizar meus escritos. Mas, paciência, o jeito foi esperar. Tinha esperança suficiente para crer que o dindim não tardaria. Uma quinzena de dias depois, telefonei:

— Dona Magnólia? Senhora, eu sou aquela que...

— Ah! Eu sei, é do Rio, não é? Ih, minha filha, nada. É o empenho. O empenho demora mesmo, porque o empenho é terrível para demorar. Você liga daqui a um mês, porque está atrasando à beça.

Acho que o empenho é uma entidade que trabalha nas repartições para que as coisas sejam lícitas, transparentes e justas, uma vez que são públicas; mas, por enquanto, funciona especialmente para dificultar e burocratizar mais os processos diários de remuneração do que para garantir democracias ou impedir corrupções. A princípio, o que ocorre é que, enquanto o dindim está sequestrado por prazos, carimbos, assinaturas e papeladas, você começa a gastá-lo, quando ainda é um ovo. É seu, mas não é, é virtual. Com o tempo, você se vê endividado por um dinheiro que gastou e que, por não chegar a tempo, deixa sua ausência conflitando com os fatos.

Passou-se um mês e meio, liguei de novo e ela me respondeu:

— Ai, graças a Deus, já está quase saindo! Já assinou o doutor Eurico e a secretária da Cultura, a doutora Almerinda; seu Vanicelo, que é o gerente de projetos, e o último desse setor, assinou agorinha; acabou de subir para o doutor Roberto assinar; subiu neste instantinho.

— E quando é que desce? — perguntei.

Ela respondeu que podia demorar dois dias ou dois meses. Nessa hora, tremi. E passei, desesperada, a ligar toda semana, perseguindo o documento, querendo saber em que estágio estava, querendo pôr um chip no processo. Depois, começaram a não atender minhas ligações, como se tivesse virado uma repartição fantasma, e ainda havia o rumor de que esperavam o repasse da iniciativa privada para realizar o esperado desembolso. Felizmente, no meio do caos, me veio um insight. Matilde, minha amiga, trabalhava lá! Liguei para ela:

— Tilde, pelo amor de Deus, isso não pode continuar assim. Já trabalhei, preciso receber. Esta é a fragilidade do trabalho artístico, Matilde. Se o que eu vendesse fosse uma geladeira e o freguês não me pagasse, eu ia lá e pegava o objeto de volta. Mas como fazer quando o bem é imaterial? Dei meu coração no palco daquela prefeitura, e agora? Ai, vou ficar maluca, minha amiga.

— Ah, minha querida, calma que você ainda não sabe a maior, olha a sintonia: liberaram o orçamento nesta manhã. Por incrível que pareça, você está falando comigo e o depósito está sendo feito agora na sua conta. Pode ver, já está lá!

Já tinha sofrido tanto na expectativa daquela remuneração demoradíssima que nem estava preparada mais para recebê-la, pensei. Mas depois a notícia fez efeito e me deu aquele alívio! Era confortável a presença daquele dinheiro na minha conta. Pagava os atrasados, atualizava prazos, sonhos, roupas para o filho, discos, livros, calcinhas e prestações. Sentei na escrivaninha, peguei o talão de cheques: praticamente assassinei o talão. Eu parecia um aeroporto, pois de minhas mãos decolavam folhas e folhas voando para a certeza de um extrato de banco saído do vermelho. Estava aliviada mesmo. À noite, fui a um restaurante, convidei os amigos e, com prazer, a conta era minha. Brindamos o fim da angustiante espera. De manhã, amanheci e despertei com o som do telefone. Era Matilde.

— Oi, Matilde! Tudo bem?

— Comigo está.

— O que é que houve?

— Olha, Elisa, realmente vão pagar, mas houve um pequeno equívoco e não foi feito o depósito ontem, como imaginávamos, me desculpe...

— E quando é que vão pagar, meu Deus? E os cheques que eu dei, esse monte de folhas pensando que são pássaros?

251

— É que houve outro pequeno problema: a gestão anterior não pagou nenhum dos artistas que contratou durante quatro anos e temos o compromisso de pagar essa gente logo. Vai ser a partir de hoje, e é em ordem alfabética. Hoje vão começar a pagar pessoas cujos nomes comecem com a letra "a".

— Aaaahhh... é? E a letra "e", para quando está programada?

— O "e", eu acho que daqui a uns vinte, trinta dias estão pagando...

Diante desta resposta, que aumentava ainda mais a barra da saia de minha surrada esperança, ao mesmo tempo que tirava forças de quem já quase não aguentava lutar, tive primeiro a reação de ficar parada. Fiquei pateta, porque às vezes a depressão ataca na patetice da pessoa. Pensei na palavra que Matilde pronunciara: equívoco. Houve um equívoco? Ora, é o mesmo que erro, é o primo chique dele. São sinônimos. Só que equívoco, é dos outros e erro, é da gente.

E aí, quando passou aquele estado de catatonia, falei para mim mesma: Aí, como é que é o negócio? Vou ficar aqui chorando enquanto meu nome tá essa "beleza" na praça? Não, vou é lutar! E, depois, o que seria da solução se não fossem os problemas, já que sua principal função é resolvê-los? Coitadinha da solução, não teria nada para fazer. Dito isso, na mesma hora decidi ir ao banco. Há situações que nos convocam pessoalmente. Não prescindem de nossa presença. Pensei: Eu vou falar com minha gerente, a Eva. Vou lá e vou ser muito franca: "Querida, fui vítima de um prazo." Vestido bonito, vou toda cheirosa, o que já compõe a situação. Segui em frente, me preparando com um vestido de malha vermelho, lindo! Que caimento daquele pano! Vou me arrumando e cantando Cazuza, a trilha temática daquela hora: "Eu ando nas ruas / Eu troco cheque / Mudo uma planta de lugar..." Soltei os cabelos, pus do lado esquerdo uma flor de pano cor de vinho e furta-cor. Pois, mal saí de casa, a vizinha foi logo comentando:

— Nossa, Elisa, como você está chique, toda linda mesmo! Aonde vai?

— Eu vou ao banco, querida.

— Que interessante, vai toda produzida, deve ter muito dinheiro lá, só pode.

— Engano seu, querida, vou ver é a dimensão do meu rombo!

— Nossa, mas como você é animada, otimista, não é? Vai toda elegante, como se fosse para uma festa, para ver o tamanho da dívida? Nunca vi isso.

Não era só animação, otimismo, e sim uma estratégia: ou seja, as condições do fato estavam desfavoráveis, tudo estava adverso, então, pretendia destoar, surpreender a situação, entendeu? Aí é que dá um nó na cabeça da coisa. A situação previa que eu fosse vestida de derrota, mas ia vestida de vitória, queria ver o potencial de criatividade dela e o que faria. Se as coisas acontecem de modo diferente e ao mesmo tempo com tanta gente, é bom jogar nossas cartas e também esperar a vez de a vida jogar. Há milhares de possibilidades e o acaso também faz o seu jogo. É aconselhável dar um pouco de mole para o acaso, quero dizer, garantir seu espaço para que possa atuar. Dar-lhe oportunidade. Não é frutífero viver com o freio de mão puxado. As coisas não fluem. É uma estratégia: você dá uma destoada, se comporta de maneira nova e vê como é que a situação vai operar sem você dentro da previsibilidade, sem os oficiais chavões, estigmas, estereótipos e cárceres. Fui andando para o banco pensando nisso.

Muitas vezes, não deixamos o acaso agir. Acontece nas coisas mais simples, no caminho para a farmácia, entre a rua da quitanda e a peixaria. O segredo é relaxar e deixar uns pequenos espaços de tempo vagos e expostos a surpresas. Por exemplo, se há cinco maneiras de chegar em casa, por que você só vai pela mesma rua? Vários caminhos podem dar no mesmo lugar. E a rota será outra por causa do novo percurso para nele se chegar. Portanto, experimente, um dia que seja, não repetir o mesmo trajeto, estrear estrada nova. De repente, aquele grande amor ou aquele grande trabalho está te esperando naquela rua, mas você nunca passou por lá. No grande tabuleiro da vida, tudo pode acontecer. Linhas e vidas cruzadas sempre nos aguardam nas esquinas. Não só o sofrimento, mas a sorte também nos espera no ineditismo dos movimentos. Além do que, um caminho, um atalho secreto pode funcionar como plano B.

Por isso, o raciocínio era este: se a situação está periclitante, péssima, ruim mesmo; se a realidade está assim tão feia ("feia" como símbolo do que nos desagrada), então devo ir também feia ao banco para resolvê-la? Não. Meu plano foi brincar de antônimo e me apresentar como carta bonita à situação feia. Cheguei ao banco.

— Oi, Verinha, cadê Eva? Oi, Sampaio. Oi, Gustavo, tudo bem?

— Tudo bem, Elisa. Nossa, como você está linda!

— Você acha, querido? Muito obrigada.

Com o coração na boca, fui me dirigindo ao caixa eletrônico, torci profundamente para que aquele monte de cheques não tivesse batido de uma vez. Passei o cartão, digitei a senha, olhei para os céus e implorei: Deus, se você existe, olha que excelente oportunidade para se manifestar! Pois não acreditei: impressionantemente, na tela aparecia um crédito. Chocante! O dinheiro estava lá! E digo mais: além do dinheiro estar lá, eu estava pronta.

Quero explicar. Não estou dizendo com isso para todo mundo se preparar na segunda-feira e aparecer no banco, arrumadíssimo, achando que a conta vai estar positivíssima. Não é isso, não. Não é que o dinheiro tenha aparecido porque me arrumei. É o seguinte: como surpreendi o esperado, foi ótimo, foi providencial. Se me ergui, foi para melhor lutar, se bonita me arrumei, foi para me animar. Já pensou se estivesse vestida de dívida? Eu não ia combinar com a minha conta. E, para o bem do acaso, sem que esta glória pudesse supor, eu estava preparada para recebê-la. Estava pronta sem saber que ia receber. Ou seja, fui vestida de lucro em estado de prejuízo.

A felicidade mora ao lado

Uma vez li um dizer de um autor desconhecido: "Felicidade não é o ponto final do destino. Felicidade é a viagem." Penso que a viagem é a gente no bonde imenso dos dias que vivemos e viveremos até o fim dela. Como a gente cuida destes pormenores, destes chamados detalhes de nossa existência; ou seja, o café com leite, o feijão com arroz, o pão quente à tarde, o sumo saindo da fruta para a boca da gente, as primeiras palavras que nosso filho aprende, os beijinhos avulsos e os abraços semanais que damos e ganhamos, o jeito como lidamos com lágrimas, arrepios, pequenas ações, sorrisos, bilhetes, declarações, perdões, recados — é tudo o que contará. A isso chamo manejo da rotina, uma vez que é na miudeza que a vida acontece. E muita coisa aparentemente irrelevante aos olhos dos outros faz diferença em cada biografia. Não há o dia da felicidade, é tudo no varejo, tudo no dia a dia acontecendo. Não é só nas datas de formatura, de casamento, ou seja, em datas de assinaturas dos sonhos que não se frustraram que se comemora como felicidade. Qualquer dia comum, sem festa marcada, pode ser, no mínimo, um dia bom, já que único ele é por definição e natureza.

Brincar é viver. Depois que crescemos, muitos de nós brincamos pouco. Perdemos a infantil alegria de existir. Uma criança pula, comemora e está de corpo inteiro nos fatos; não está ausente como tantos de nós, fantasmas sem escuridão aparente, mas a céu aberto e claro. Então, de manhã, já acordo e olho no espelho assim, me declarando, em pensamento, a mim: Linda! Você é uma gracinha, sabia? Sei lá, me divirto muito com você. Gente boa! É isso, você é gente boa!!! E já que vamos passar um bom tempo juntas durante esse dia, é bom que a gente comece a se dar bem logo cedo. Não é adequado estar em desavença com você mesma na frente dos outros. Tem gente que vive discordando eternamente de si.

Claro que existem nossas contradições que, afinal, compõem nossos processos, mas, quando faço essa cena no espelho, estou brincando comigo enquanto falo a sério. O bom humor é peça fundamental no manejo da rotina.

A fábrica de brinquedos dos adultos

Em verdade, por milhões de motivos e, em sua maioria, fruto da educação dos pequeninos, muitos de nós crescemos entendendo que ser adulto é perder a capacidade de brincar.

Muitas vezes, tomamos esse comportamento por boa educação. Sem que percebamos, vai ficando comum chamar de educado aquele ser humano que não gargalha e cujas travas corporais e emocionais o impedem de cometer a mais pequena espontaneidade. Claro que há as personalidades e seus característicos traços, suas distinções. Mas o certo é que o senso comum diz que ser adulto é não brincar. Repare bem: muita gente, depois de grande, deixou de desenhar, esculpir, como fazíamos com as massinhas; deixou de correr, pular, pintar, agachar, saltitar, chorar, arrepiar-se diante de um fato ou perigo. Desprovidos de avisos por não nos entendermos com nossas intuições, seguimos assassinos de nossos recursos humanos. Ficamos sem recursos. Pobres de nós. E o medo nos impede de rir. O medo desautoriza a entrega. Por causa dele, incontáveis vezes, há os que declaram: "Não gosto de brincadeira comigo! Já te dei confiança pra ficar de gracinha comigo?" Quando encontro alguém assim, não raro me vem à cabeça: Meu Deus, o que fizeram com essa criança?

Sabemos que a infância é o nosso primeiro terreno. O que nela acontece apita muito no enredo ou desenredo da gente, por toda a vida. Mais um motivo para que cuidemos de nossas crianças com a consciência de que estamos "fazendo" a infância delas. Aconteça o que acontecer, dá muito trabalho consertar as coisas de lá. O passado é radical porque aconteceu e não está mais aqui para provarmos. Mas deixa suas marcas. O presente é seu filho.

Depois que crescemos, em nome de nossas regras sociais e acordos, muito da nossa sinceridade, na maioria das vezes, dá lugar à hipocrisia; muito da nossa espontaneidade dá lugar à armadura, a um corpo travado, cujos gestos previsíveis aprendem a ser nos jornais, nas revistas, nas televisões. Ocorre que a criança que nós fomos não morre de morte natural assim fácil, não. É preciso que a matemos. Precisa do nosso descuido para morrer. Cada idade vai sendo feita em cima da anterior, mas é tudo o mesmo tronco, a mesma árvore, a mesma pessoa, uma única história.

Então, nossa criança não morre nunca. Quem poderá tirar de alguém seus momentos de aconchego na infância, o passado no ventre, a bebida do seio? Quem poderá tirar de nós também as maldades e as ignorâncias que podemos ter sofrido quando éramos meninos e meninas sob as mãos severas dos nossos "responsáveis"? Pais e mestres fizeram estragos em muitos de minha geração e das que a antecederam. Então, quem cuida dessas criancinhas que fomos quando chegamos ao mundo adulto? Nós, nós mesmos — esta é a resposta certa. Cada qual que sabe onde o sapato aperta que pegue sua criança no colo, que dela se ocupe com bons alimentos, higiene, mimos e embalos de dormir e festejar. Cabe a cada um cuidar de seu neném; embalá-lo com sua canção de ninar, ampará-lo, respeitá-lo, proteger essa criança.

Como anda a sua criança, por falar nisso? Por onde anda a menina ou o menino que você foi? Como andam os seus sonhos, estão em dia? Você ainda brinca daquilo que sua criança mais gostava? Qual a tarefa de hoje que corresponde em prazer à sua brincadeira preferida? O coração é o nosso quintal, e é preciso saber se nossa criança tem liberdade para correr nele. É preciso investigar se a estamos tratando melhor do que muitas vezes fomos criados ou se prosseguem os maus-tratos e, agora, somos nós mesmos que, feitores de nós, submetemos nosso guri a severos castigos. Quando uma criança fica muito quieta e triste, para os médicos e para os leigos é sinal de doença. Ora, uma pessoa é uma criança grande e devemos ficar de olho se, em adulto, o sintoma persistir. O que quero dizer é que há algo errado. Algo não vai mesmo bem quando se perde a alegria de viver.

Fui criada numa casa em que, apesar das severidades de uma de minhas avós, o bom humor de meu pai e de minha mãe davam um tom mais colorido à vida. Acho que o bom humor ensina, educa os olhos, o pensamento e os sentidos para os vários lados de uma realidade. O bom humor tem liberdade, transita pelos conceitos, e o fato de estar nos estudos, de envolver os conteúdos importantes da vida como palestras, consultas, aulas, escolas, ele não tira desses eventos seu poder de ciência ou de seriedade. Aprende-se brincando, até. A comédia faz com que o pensamento seja bilíngue de sentidos; rimos dos duplos sentidos e ri primeiro quem mais agilmente chega a eles. Incluir o riso, soltá-lo em meio à rotina faz parte do existir. Para o diafragma, gargalhar, soluçar, rir e cantar é o verdadeiro parque de diversões.

Por isso, penso que a piada deva constar na escola como conteúdo e método pedagógico. Há inúmeras piadas divertidamente inteligentes e educativas. Além disso, para o aluno mais extrovertido e animado é uma festa poder brincar de teatrinho fazendo as personagens dos chistes. E há alunos tímidos que são excelentes contadores de piada e podem vir a ser grandes atores. São mais sérios e preservam a surpresa, tão importante na comédia. Sem contar que nossa língua é muito rica, dá para brincar. Ou, se não quiser dar, não "dá" (hehehe).

Conversava com um amigo quando, naturalmente a brincar, compusemos este diálogo por telefone.

— Meu querido, obrigada, qualquer dúvida eu ligo, tá?

— Sem dúvida, minha querida!

— Não, se eu não tiver dúvida, eu não vou ligar. Vou ligar com dúvida.

— Duvido.

Foi uma brincadeirinha boba, mas engraçadinha pela dubiedade das palavras que nós mesmos inventamos para nos representar, nos traduzir. Há as mais picantes também, que eu adoro. Eu e muita gente. Caso contrário, não haveria tantos escritos obscenos nos banheiros e cada um de nós não saberia ao menos uma música ou piada de sacanagem. E sexo é conteúdo de filme adulto. Falar indecências é um jeito de falar disso. A vida é mais engraçada brincando assim.

Outro dia, o Zecarlos, querido operário dos bastidores, que abre as cortinas dos teatros e solta suas cordagens, chegou à porta do meu camarim ao fim da sessão portando uma bandeja com frios, pastas e pães. Ele, com uma carinha de quase dor, perguntou:

— Morena, tô com vontade de dar pro porteiro, o que é que você acha?

(Dei aquela pausa. Não existe comédia sem pausa. É dela o tempo.)

— Olhe, Zé, eu acho uma coisa muito pessoal, mas se você está com muita vontade...

— É, porque se ficar aqui vai ficar duro mesmo, não é?

— Bom, se vai ficar duro então...

Só aí ele entendeu a dubiedade, "a maldade" da coisa. E rimos em comunhão, dois trabalhadores do mesmo teatro tornando mais leve a vida. Afinal, o homem não é o único animal que ri, mas é, sim, o único que, além de saber que ri, pode ter o privilégio de rir de si mesmo.

Carros, telefones, celulares, instrumentos, fantasias, adornos, comidas, festas, rituais, bebidas, jogos, torcidas: são os brinquedos

dos adultos. Criativos, inventamos perigosas armas. Porém, quanto mais gente harmônica houver em cada profissão em relação ao seu desejo, antenada com suas verdadeiras aspirações, mais a obrigação e o dever serão também considerados diversão. A equação é simples: mais riso, menos guerra!

A rainha diaba

Esse estalo, essa ideia de refletir sobre o consenso de que a rotina é sempre a vilã me ocorreu no dia em que encontrei uma amiga que há muito não via.

— Oi, Raquel, quanto tempo, queridona, tudo bem?

— Ah, não, Elisa. Está tudo péééééééssimo!

— Mas o que aconteceu?

— Meu casamento acabou!

— Mentira, o que é que houve?

— É, minha amiga, foi ela.

— Ela quem?

— A rotina. Ela acaba com tudo! Eu posso dizer que a rotina destruiu meu casamento!!! Buááááááá...

Consolei-a como pude. Ela chorava muito, abria o bué ou o berreiro, como diziam minha mãe e minha avó. Raquel, que era tão querida, tão habilidosa, tão artista das artes artesanais e virtuais, não percebia que falava do cotidiano como se a rotina fosse uma entidade, um ser mesmo, tenebroso e satânico, com chifres e rabo — uma imagem luciferiana e feminina me vem à mente. Como ela descreveu o monstro na cena, parece até que a rotina é uma espécie de diaba, de fantasma, ou espírito ruim, que vai aparecer na sua casa e ameaçar ou rogar uma praga: "Aaahhh! Eu vou acabar com o seu casamento agora! Eu não dou um mês para esse casamento acabaaaaaaaar."

Ai, ai, que bobagem. Isso é um equívoco. A rotina não é uma entidade que acaba com o prazer do seu trabalho nem com o prazer do seu casamento. As rotinas são particulares; sua rotina não é igual à minha nem à do seu vizinho. Culpá-las como se fossem monstros, verdadeiras diabas, é prova de nossa ignorância. Cada rotina traz um script, uma dramaturgia interna, um roteiro específico. Cenas, capítulos — com drama e comédia — são partes diárias do grande enredo do mundo. Mas, em se tratando do nosso script, a obra é aberta.

VIII. Fale com ele (com o roteirista)

*Quero estar acordado no sonho e conduzir
o meu sonho como um homem desperto.*

ANTONIN ARTAUD

Se não estamos curtindo nossa vida diária, falemos direto com o roteirista. Ai, ai, esta palavra: ROTINA! É incrível que tratemos este conceito, esta palavra tradutora do conteúdo dos nossos dias, e sua aparente repetição, como se fosse a representação de uma coisa fatalmente chata: "Ah, nossos carinhos perderam a graça. Já viraram rotina." Este texto, tão comum em tantas bocas do mundo, reafirma a rotina como sentença, destino, coisa ou sina que mais tarde fatalmente acontecerá daquele jeito, como se a mudança fosse impossível. E, mais que isso, pinta-a com a cor da monotonia. Rotina também simboliza aqui cena parada, estagnação. No entanto, se verificarmos bem, podemos inverter imediatamente esta formulação de pensamento, esta formatação aprisionadora dos dias de uma vida que ao vivo ocorre. Podemos a qualquer momento ofender, mas podemos também a qualquer momento beijar, amar, perdoar. E mais, nós podemos escolher. Se escolher é minha possibilidade, então quem é que faz a minha rotina? Quem a escreve? Eu. É esta a resposta e não há como transferi-la para o outro. Não fica bem para ninguém falar mal da rotina porque você é sujeito, autor, roteirista, diretor, produtor, patrocinador e protagonista da sua rotina. Pega até mal falar mal: "Minha rotina é uma merda." Leia-se aí que você é uma merda também. Pois é o autor. O cara.

Há os que pensam: "Ah, mas artista não tem rotina!" Ledo engano. Escrever, representar, dançar, cantar, embora não pareça muitas vezes, nem é preciso dizer, são formas variadas de labutar. É labuta forte, com sacrifícios e deveres que toda profissão tem. Ocorre aí, porém, uma coisa interessante para pensar: pode haver poesia, ou seja, pode haver arte em cada profissão que é realizada com amor e dom. Dizemos sobre um bom romance, um filme, uma comida, um céu, uma carta: "Nossa, é um poema!"

Para quem tem vocação, a técnica, o saber científico do que praticamos, é uma aliada para fins notadamente vitoriosos. Por isso, primeiro cuidemos de nos conhecer, de identificar a origem de nossas escolhas, se as estamos fazendo só para agradar a alguém e nos desagradando intimamente todos os dias da nossa vida, tornando-nos gradativamente mais amargos. É bom saber para que servimos, e esta informação pode e deve ser vetor de muitas escolhas nossas de parceiros — de profissão, de lazer, de vida. O recreio também é aula, o recreio também ensina e é vida produtiva: laços, amores, criatividade, canções, beijos, conhecimentos, brigas, pazes, choros, gargalhadas e abraços iluminam o ambiente de trabalho, mas é no recreio que a alegria e a irresponsabilidade se esparramam.

Mas pode-se engessar um lazer também. Há aqueles para quem até as férias aprisionam: "Férias têm que ser em Guarapari; há 62 anos eu passo férias em Guarapari." Ora, não há problema nenhum em escolher um lugar único para passar as férias de uma vida, mas vejo a coisa ficar grave quando deixa de ser escolha para nos transformar em prisioneiros destas malditas férias em Guarapari, que às vezes começam a virar um problema para a família, o obrigatório passeio para todos. O assunto migra do estado de lazer para o desagradável estado de obrigação. Dentro das escolhas, há as subescolhas, que permitem que a gente estreie dentro do aparente igual cenário onde atuamos, agimos, vivemos e nos divertimos.

O bom de sermos roteiristas de nossas próprias vidas é que, como sonhadores, nos tornamos mais práticos. Se me perguntarem se planejei a vida até aqui eu direi que a sonhei. O que é, para mim, um verbo tão precioso quanto a palavra "planejar". São sinônimos. Tanto nos sonhos quanto nos planos há etapas, estratégias, preparações, transformações, probabilidades e adversidades. Escrever a própria história dá certa autonomia, mas sei bem que tudo não depende só de mim. Como cada um está fazendo o seu desenho no grande tabuleiro, linhas se encontram, se cortam, se unem, se fundem, se distanciam, se casam, porque não estamos sós. No entanto, esse papel de motorista da van da nossa vida, ninguém nos pode tirar. Passivos, calados, berrantes ou engolindo sapos, corajosos ou covardes, parados ou não, com propósito ou sem propósito, ainda que sem querer estamos escrevendo a nossa história. Se estamos caminhando em cenas que não sonhamos, quem teriam sido os autores?

Meu dom (Quixote)

Quem é você? Do que você gosta? O que te aborrece? O que te diverte?

Pergunto isso porque sempre identifico, nas minhas "reparações" pelo mundo do cotidiano, meu e alheio, um problema de escalação do grande elenco. Explico: o que será dos pacientes de uma enfermeira que queria ser coveira? Vai sonhar, coitada, com pacientes mortos etc. Se uma enfermeira tem dentro do peito a bondade altruísta, a compaixão pelo outro, o respeito por sua dor e doença, conhecimento e competência técnica, ingredientes sem os quais não se tem uma boa profissional da cura, os cuidados dessa enfermeira provavelmente não matarão. Ao contrário, seus cuidados vão curar, apoiar, recuperar, consolar e até fazer "renascer" enfermos. Nós, os que sempre precisam dos serviços do outro, dos desconhecidos de confiança, que nos socorrem, nos operam nas emergências, nos salvam dos incêndios e para nós cozinham, costuram, fabricam. Estamos expostos à competência e à incompetência alheia. Por isso, é bom para a humanidade que cada "ator" esteja bem escalado dentro de seu campo amoroso de atuação. Um profissional que tem inclinação para fazer o que faz não sofre ao realizar sua tarefa. Gosta dela, fica horas dedicado àquela "arte". Sua arte única de pescar, dirigir, arquitetar, construir, enfeitar, pintar, cerzir, encanar, bordar. É isso aí. O mundo é o brinquedo dos adultos, e não é bom para a brincadeira quem não gosta de brincar.

Em inglês, a palavra correspondente ao dom é *gift*, que quer dizer "talento", e também "presente". O dom é, portanto, uma inclinação, uma fácil habilidade com a qual nascemos e dela somos ricos. Desta natureza somos potentes, possuímos inclinação, atração e disposição para aquela tarefa. Minha mãe dizia que quanto mais dons possui o indivíduo, mais tarefas, mais trabalho terá na vida, pois se faz necessário corresponder a cada dom. Estar à altura dele em dedicação e amor.

Comparo esta estranha força a uma fonte nascida dentro de nós, que precisa de escoamento. Seu jorro quer verter para fora, quer se cumprir, e precisa, como energia produtiva, achar uma saída. Se não a encontra, nos imagino como paredes e vejo que podem ocorrer infiltrações na estrutura, em casa, no nosso corpo, e nosso corpo somos nós. Eu sou meu pé, minha unha, meu fígado e tudo o mais. Tudo leva meu carimbo, meu DNA. Pois então, se a aguinha do talento não puder desaguar, um dia a casa cai, e, enquanto não cai, cômodo por cômodo, vai fazendo o seu estrago, fragilizando a estrutura de nossas paredes. Assim como não temos facilidade para nos libertar de antigas dificuldades, porque para essas tendemos, assim e mais forte ainda grita em nós o nosso talento, pede campo, quer se espalhar. Pois vamos atendê-lo! Se você é médico e também toca um cavaquinho, não deixe esses talentos rivalizarem. Não precisa. Junte uma turma, promova semanalmente ou mensalmente um sarau em casa, com música e tudo o mais. É advogado, mas quer cantar? Pois cante. Cante para seus pacientes, para seus clientes. Inclua, se puder, a música, a pintura, sei lá, a dança, o que for sua paixão, inclua-a na sua vida. Ninguém é uma coisa só. Assim como as cores, somos tons. No clã dos verdes, por exemplo, observemos quantos matizes há. São vários tons fechados, abertos, luminosos, resplandecentes, e é tudo, ainda assim, verde. Investigue-se, encontre em si mesmo o que mais deseja fazer e comece agora. Vá à caça de seus talentos. Encontre a casa deles, acesse-os, conheça-os para conhecer-se deveras.

Tudo por dinheiro?

Muitas vezes, a loucura pelo dinheiro é a maior opositora deste nosso *gift*. Os próprios pais, nestas ocasiões de escolhas, costumam dizer como regra básica de um tipo de boa educação: "Faça o que der dinheiro." Para mim, dinheiro representa um meio para as minhas ações, não um fim, nem termina meus assuntos éticos. Já vi pessoas receberem indecentes propostas, vociferarem contra elas e, depois, mudarem radicalmente de profissão pelo poder de argumentação que as cifras ou notas, sem dizer uma só palavra, têm. É tão corrente este pensamento que, sem nos escutar direito, falamos, e na frente das crianças, frases que, como essas, reforçam o culto ao dindim: "Você acha que eu vou me vender por 15 mil?" Ora, diz-se ingenuamente este disparate tomando-o como discurso de honestidade; no entanto, as palavras do texto não dizem que o sujeito da frase não se vende, e sim que estabelece um patamar. É pouco 15 mil, ele está na verdade a dizer. Pode ser 20, 50, 100 mil. Sob o pseudodiscurso de honestidade, a pessoa está dizendo o quanto vale.

Toda pessoa tem seu preço, diz alguma voz do povo, mas eu discordo. Se fosse verdade, muitos milionários que tudo pensam poder comprar seriam felizes. Comprariam amores, por exemplo.

Foi Dinha, poeta da Cooperifa, movimento poético da periferia de São Paulo, quem me disse uma vez, citando outro poeta amigo seu: "Quem não tem valor tem preço." Compreendo isso. Uma pessoa não pode ser assim, de uma hora para outra trair seu povo, sua gente, seu sonho, seus amores por conta de uma conta, um punhado de dinheiro, que não deveria ser senhor da pessoa, uma vez que ali está para representar seu suor. É este o combinado. Se ensinamos aos nossos filhos que o que importa, a todo custo, é o dinheiro, e seus poderes, mesmo que para isso sacrifiquemos a merenda escolar de nossos meninos, desviemos os recursos da saúde e da educação em prol de seus luxos e palácios individuais, estamos plantando neles a semente da corrupção. Todo cuidado é pouco quando educamos nossos filhos. Peço-te, adulto querido, cuidado para não ensinar que é melhor ter do que ser. Ai, ai, quem aprende isso pode estragar, além da própria vida, a dos outros nessa guerra insana de ganância.

Vi uma garota na Polícia Federal na fila do passaporte. Tinha 2 aninhos.

— Você vai viajar, menina bonita?

— Ô vô!

— Você vai pra onde?

— Ô vô pra Olando!

— Você vai pra Orlando fazer o quê?

— Vô complá.

— Comprar o quê?

— Tudo.

Esse nosso diálogo me estarreceu. Na hora de brincar de boneca, folhas, sementes, pedrinhas, caixas vazias, conchas, tudo com o valor que tem, justo nessa hora sem cálculos, essa consumistinha está sendo treinada. Falei com os pais dela. Eles se assumiram consumistas e ainda me confessaram que o filho de 11 anos é assim:

"Quando fica nervoso, minha filha, você precisa ver, a gente tem que sair com ele para comprar alguma coisa. Pronto, aí ele se acalma." Ao me despedir da cena, fiz-lhes ainda uma advertência: "Cuidado, se continuarem com essa fórmula, é provável que esses irmãos um dia se unam e, se acharem um bom preço, vendam os próprios pais."

Admirável mundo novo

Dentro da simplicidade dos dias, aprendemos tudo. Esta felicidade homeopática que amiúde experimentamos deixa resíduos em nós, e seu acúmulo vai preenchendo nossas figurinhas no álbum da vida, ocupando o distinto lugar de passado e de história nossa. O filme continua, todo dia é importante, tudo pode ser cena principal só por estarmos vivos num dia novo. Há aqueles que, geralmente por amarem o que fazem, desfrutam do sutil esplendor da transformação. Há processos que são mais vistosos a olho nu, é bem verdade. Por exemplo, a evolução em diâmetro e lugar no espaço de uma barriga grávida. Marcamos os dias, as luas, mas é a cada segundo que o neném cresce, redimensionando o tamanho do planeta ventre e os movimentos da mãe, que passa a ocupar mais espaço nos ambientes.

Muitos outros processos não têm a mesma visibilidade, mas, se pegarmos o viés de cada fato, a costura interna em que nossa realidade tece sua teia, podemos brincar no vértice das pequenas mudanças. Pintar a casa, trocar as cores, renovar painéis, quadros, panelas, copos; trocar móveis de posição e plantas de lugar, inventar jardins e hortas. São pequenas ações que podem representar uma boa porta de entrada para nos reinventar por dentro, uma vez que casa e gente são parentes e sinônimas, neste caso. Saímos da casa — ventre — da nossa mãe para morar em nós mesmos. O certo é que há os que navegam no cotidiano alcançando um altíssimo nível de diversão dentro da mais corriqueira atividade.

Pode parecer uma chatice o que digo, mas é real que se não estreamos na vida, que a cada segundo se renova, ficamos para trás; nos colocamos em dissonância com o que vibra, pulsa, transmuta e é o mesmo em transformação a cada hora. Passageiros da vida neste comboio que só para de vez quando desembarcamos, vamos nos arriscando, nos protegendo, nos adaptando às peripécias do inesperado e, ao mesmo tempo, com o olhar, os pensamentos, as mãos, as intenções e os atos, vamos influindo e alterando os rumos da história. Carlos Pena Filho, poeta pernambucano, nos aconselha "a entrar no acaso e amar o transitório".

Um dia, no caos da cidade, em plena Copacabana durante a semana, um beijo materno e demorado no centrinho da mão de um ser humano de 4 anos me fez chorar. Eu vi, se destacava aquela doce cena no meio da urbanidade. A qualidade de ternura que havia ali podia parar um míssil, uma bala. Um beijo pode ser antibélico e descriar a guerra. A verdade é que coisas pequenas, na medida de uma vida, têm muito poder. Um olhar pode ser um acontecimento mais importante do que ter sido casado ou chefe de uma empresa. No plano subjetivo, uma palavra pode valer mais que um quilo de ouro.

Passageira do amor

Valéria Falcão tem muitas qualidades. Na função doméstica que exerce no meu lar há uma década, se tornou uma fidelíssima colaboradora dos meus sonhos, e eu também dos sonhos dela. Somos cúmplices, amigas. Neste tempo, me ensinou muitas coisas essa cidadã carioca cuja filha, agora, realiza o sonho de ser juíza. Pois bem, Val, como carinhosamente a chamam os que a amam, os que provam sua deliciosa comida, trabalha na minha casa o dia inteiro, e à noite, trabalha na própria casa. E depois de tudo isso, me disse que dormiu tarde porque ficou confeitando um bolo.

— Mas bolo pra quem, Val? — perguntei.

— É para Valdemir, passageiro lá do ônibus. A gente comemora aniversário no ônibus! As meninas de trás levam os refrigerantes, o pessoal da frente leva as coisas de comer, e pronto. Geralmente, Tição leva o violão, e está pronta a festa! Afinal, minha filha, são anos, a mesma turma pegando o ônibus no mesmo horário; acostuma, né?

Fiquei olhando para ela, aquela alma boa. Achei lindo alguém fazer um bolo para o passageiro. São as lições solidárias dos subúrbios. Eu me lembro da minha infância em Itaquari, onde emprestar martelo, cheiro-verde, uma xícara de farinha de trigo e outros ingredientes era comportamento comum de vizinhos. Era normal e até uma espécie de moda inconsciente ser solidário. Neste dia, Valéria, ao fazer o bolo para o outro, tocou exatamente no ponto da história que nos interessa: autora de suas horas, criou uma boa nova dentro da intempérie. Eis uma ótima alternativa ao estresse do trânsito! Ora, são duas horas e meia de percurso; dá muito bem para fazer uma festa dentro do coletivo. Chama-se aproveitamento de percurso. Ai, ai, tive vontade de estar nesse ônibus e abraçar apertado o Valdemir. Dê um abraço meu nele, minha querida. Também quero estar lá no aniversário dele, quero participar da vaquinha. Todo mundo dá uma parte, sabe? Acho bonito. É como um mutirão na versão festa.

Mas, como a dialética da vida pulsa, não podemos esquecer que dentro do mesmo ônibus viaja a que é doméstica como a Val, ganha o mesmo ou menos que a Val, mas que não está participando da vaquinha e passa suas duas horas e meia, dentro do mesmo coletivo com outras habitações e angústias na alma: "Que coisa mais ridícula, isso, fazer aniversário dentro do ônibus, coisa de paraíba, coisa de gente sem classe, coisa de pobre mesmo, credo!" Ao contrário da Val, esta nossa personagem faz duas horas e meia de percurso toda "trabalhada" na inveja. Morando no mesmo bairro, percorrendo as mesmas distâncias para o serviço, a história emocional de cada uma dessas mulheres e seus distintos olhares para a vida faz com que uma delas se aborreça pelo mesmo motivo pelo qual a outra se diverte. No ônibus, Valéria ainda lê, faz crochê, dá conselhos, faz amizades e amigo oculto. Que maravilha! Val estreia na rotina. Por isso, lá em casa, quando bate a tardinha, tem sempre cheiro do bolo dela no coração da gente.

Por causa da beleza do mundo

Eu estava dando uma volta na Lagoa de bicicleta e uma mulher caminhava comigo na mesma ciclovia. Paramos, ela pediu uma água de coco.

— Quero uma água, mas a minha vou querer bem docinha porque de amarga, minha filha, já basta a vida!

— A vida toda é amarga, minha senhora, ou só uns pedaços dela?

— Ah, maneira de falar...

— Mas a senhora já olhou para a cara do dia, com um azul de outono lindo desse no céu? A senhora vem com esse comentário depressivo?! Se é sua maneira de falar, reformule-a. Tanta palavra bonita para dizer num dia desses, palavra que combine com esta luz. Não acho justo isso, que mania de ficar praguejando a vida! Se a gente reclama o tempo inteiro, mesmo em dias iluminados, o que diremos nas temporadas de tormentas? (Pausa) A não ser que a senhora esteja passando por um momento triste. Se for, me desculpe...

— Não, estou numa fase ótima, acabei de comprar minha terceira casa!

— Então, é sacanagem da senhora falar mal da vida quando a vida não merece!!!

— Nossa, minha filha, agora que você falou, é isso mesmo. A gente não agradece, só pede e reclama quando não tem; xinga e tudo. E vai vivendo sem louvar. Você, mais nova do que eu, me ensinando, hein, tá vendo?

Findo o diálogo, nos despedimos e eu deixei a cena pensando em como é senso comum esse comentário sem louvor. A gente fala sem se ouvir, sem saber. É moeda corrente a opinião de que o sofrimento é o grande protagonista e a resposta para um simples "Como vai, tudo bem?" é um desanimadíssimo "Vou indo, minha filha". É como se não fosse bom estar vivo, existir. Por isso que Mário Quintana fala: "Tem gente que vive, tem gente que faz hora para morrer." Quero fazer uma campanha para ver se, aos poucos, sai de moda a versão depressiva da vida. Portanto, se você tiver alguma alegria, alguma felicidade, algum gozo, alguma esperança, alguma possibilidade, enfim, alguma boa-nova, propague-a, espalhe-a, assovie alto para provocar os ventos e faça com que cada semente das palavras espargidas repita Gonzaguinha: "É bonita, é bonita e é bonita!" Às vezes, sem saber, se sofre por falta de ver a beleza da vida. O que impede que você repita que a vida é bonita? Quando fico sem ver a beleza das coisas, pergunto isso para mim mesma.

Feitiço do tempo

A velhice não é para os covardes.

AUTOR DESCONHECIDO

Por falar em beleza, muito me preocupam os altos investimentos que fazemos tentando garantir, com procedimentos de fora para dentro, uma beleza no rosto de um corpo que está intimamente em guerra. Como as belezas são particulares, isto é, cada um tem a sua, é muito difícil que não apareça do lado de fora o que vai no coração do portador daquele rosto. Nesse sentido, penso na face como um estandarte. Lar das janelas dos olhos, das caixas de sons dos ouvidos, e da tribuna da boca, a face é a rainha das expressões. Há os que, talvez por muito amarem a vida, preservam o sorriso no olhar quanto mais a idade avança. Estes, por trazerem vivas e atualizadas as suas internas crianças, preservam na face a beleza durante uma vida inteira. Por outro lado, há os que dedicam grande parte do precioso e inexorável tempo a reprovar a vida, como aquela senhora da água de coco — com o tempo, esta mesma vida vai marcando aquela boca, o "U" invertido, com os cantos para baixo, sem conseguir mais admirar com a cara característica da admiração. É como se tivesse no rosto o desenho da eterna tristeza. Se a gente reparar, vai ver que mesmo a notícia boa, na face marcada pela melancolia, não reverbera como tal. É quando a tristeza, porque nada mais a afanar teria, rouba, por fim, a linda cara da alegria.

Enquanto isso, aumentam os procedimentos nas faces, nos corpos. Temos esse direito, não discuto. Mas isso não me impede, muitas vezes, de não concordar com o resultado. Minha amiga veio falar comigo e eu queria salvá-la. Um beição, parece que uma abelha mordeu o lábio dela. É branca. Sempre teve lábio fino e agora aparece com essa boca inflada na minha frente. Não quero olhar. É feio. Parece que meu olho puxa, está fixado no procedimento. Engraçado que uma negra com um lábio desses, natural e mais bem-acabado, diga-se de passagem, costumavam chamar de beiço pejorativamente. Mas em Angelina Jolie e outras brancas, é sempre lábio. Ô mundo torto! Não entendo essa guerra contra a velhice. Quando alguém me diz "Não quero ficar velha", retruco na hora, "Eu quero". Não gosto nada, nada da outra opção. Há um fundamento filosófico africano que diz que quando morre um velho, morre uma biblioteca, e é essa a grande mágica do tempo. Velhos são veteranos, têm experiência na escola da vida. Embora canalhas e ignorantes também envelheçam, devemos respeito aos velhos. Vivo num tempo em que nunca houve velhos tão jovens. Usando expressões que nunca tinha ouvido na minha infância: "Vovó foi comprar um biquíni"; "Vovó, seu namorado chegou"; "Minha avó fuma maconha e vai levar um pra gente lá". São frases que escuto na jornada da vida e que me fazem pensar que estamos todos na flor de nossa idade, que beleza real, essa que habita até possíveis feios, essa não envelhece jamais.

Espero que não briguem comigo tais profissionais, mas o procedimento chamado "harmonização facial" tem tido resultados estranhos. Já desconheci algumas pessoas que mudaram o rosto, a forma dos dentes, a posição do olho, a altura do umbigo. Me faz lembrar *Blade Runner*, um filme de ficção científica de muitos anos atrás em que havia os seres humanos e seus clones, os replicantes, e a gente passava o filme tentando reconhecer quem era o original. Geralmente, a diferença estava na capacidade de se apaixonar, de sentir, de se emocionar. Acho estranho também não mexer a testa, não ficar com nenhuma ruga, nenhuma marca por menor que seja entre os olhos, a memória de uma preocupação, ou de uma gargalhada. Sorrisos também fazem sinais no rosto, na pele. Gozos também esculpem o rosto. Ninguém me avisou antes que a velhice é o templo da liberdade, ninguém anunciou sua magia. Quero que até meus últimos dias eu possa olhar no espelho e me reconhecer.

IX. Filhos do sol

Bendito seja o mesmo sol de outras terras
que faz meus irmãos todos os homens.
Porque todos os homens, um momento no dia,
o olham como eu.

ALBERTO CAEIRO

O céu como limite

Na primeira vez que cheguei à Espanha, nunca havia visto tanta terceira idade corcunda. Reparei nisso. Achei até que era um congresso, pois, naquela Barcelona, vi como centenas de pessoas mais velhas que eu andavam curvadas pelas *calles*. A pitoresca imagem me saltou mais ainda aos olhos quando vi na padaria só um dorso curvado sem que se pudesse avistar a branca cabeça ou a boca de onde se ouvia a trêmula voz, não sei se de mulher ou homem: "Leche y zumo de melocotón, si us plau..." Depois, seguiu sem poder olhar o céu. Há quanto tempo, meu Deus? É realmente estranho ver alguém que tem diante dos olhos somente o chão. Não que não haja grandezas nele. O doce e inovador poeta do Pantanal, Manoel de Barros, tem como base de sua obra as infinitudes do ínfimo e os ensinamentos do chão, tão cheio de coisas pequenas e aparentemente inúteis. No entanto, não é igualmente aconselhável perder os episódios do céu. Fiquei muito impressionada ao ver tantos senhores e senhoras curvados, tristes, deserdados da visão da lua, sem saber a que fase da lua estamos expostos.

Ganhamos mais harmonia e melhor nos referenciamos quando nos conectamos com as leituras dos ciclos e processos da natureza. Não é sem motivo que a milenar medicina oriental traça um minucioso paralelo entre o corpo humano e as estações, por exemplo. E, além do mais, esquecemos que vivemos eternamente em busca de equilíbrio, uma vez que existimos na superfície da Terra e não dentro dela, protegidos. Repito: a professora Natureza dá aulas. Sempre. Ao recebê-las, podemos aprender a ler os sinais dos ventos, das águas, dos pássaros, das matas, das florestas. Sinto quando vai chover, por exemplo. Meu corpo esquenta diferente. Ou, às vezes, basta que eu olhe para o céu e veja uma "afronuvem" (hehehe), pronto, é claro que vai chover! A não ser que passe um vento, tudo mude de novo e o tempo vire em todos os sentidos, internos e externos, como costuma nos acontecer na obra aberta que é viver.

Pensando então na corcundice, me ocorreu que a postura da gente é uma construção. Estamos fazendo nosso retrato no ateliê da vida. Compondo-o com nossos vícios, gestos, medos. Tudo nos esculpe e raramente nossa forma não é produto de nosso conteúdo; não é fruto do que nos vai por dentro. Eu ou você podemos estar muito acima ou abaixo do peso por questões alimentares e/ou hormonais. De qualquer modo, neste laboratório, é dentro que ferve e, ao ebulir, nos leva a ser o que somos. Tanto aquele que fecha muito o peito ou o que o estufa demais, podem ambos estar a serviço, sem o saber, dos artifícios do medo e da insegurança. Assim é o corcunda, caso não tenha sido vítima de algum acidente que subitamente o tenha deixado privado de erguer-se. Geralmente, isso não se dá de modo instantâneo, e foi o que falei para os meus alunos de lá, no workshop de poesia falada que dei em terra catalã: "Não se iludam, esta manada de corcundas (não sabia como me referir a este coletivo) que se vê por aí não ficou curvada de uma hora para outra. Por isso, vamos ficar de olho em nossas posturas e movimentos." O que em nós nos alonga ou encurta, em que posturas estamos mais saudavelmente confortáveis, como dormimos, em que colchão? Quantas vezes nosso intestino funciona? A forma, a cor, o cheiro e a consistência do nosso cocô, é bom que conheçamos. Está tudo em jogo. E agora, diante de tantas descobertas e avanços científicos sobre qualidade de vida, já não precisa mais haver aquele velhinho acabado. Pode-se morrer dignamente, eu acho, e erguido, se possível. Afinal, a velhice é o nosso horário nobre. Que a sabedoria desta hora tenha morada num corpo saudável. É possível. Conheço alguns casos.

Meu pai, Lino, tem 86 anos e é um homem trabalhador, advogado atuante, paterno, solidário, revolucionário, enfim, um cidadão inteiro em estado de perfeito uso! Outro dia, fez uma cirurgia pela manhã e à tarde estava em casa! "Mas já está em casa, meu pai?", perguntei ao telefone. Ao que ele prontamente, com seu humor de fino trato, respondeu: "É, minha filha, a ciência está dando muito trabalho para a morte." Portanto, é bom que não nos esqueçamos de que o ser humano está durando mais e não deve parar de sonhar. O que é do homem sem seus sonhos se viver é tentar realizá-los? Noutro dia, conheci uma senhora de 90 anos que começou a estudar alemão aos 80 e se gaba agora de estudar a língua há dez anos. A gente adia muitas vezes, por muitos anos, velhos conhecidos sonhos nossos. Nunca é tarde para colocá-los em dia. Além disso, o estoque de desejos, a meu ver, deve ser sempre reabastecido. Antes mesmo de realizarmos um sonho, aconselhável se faz reflorestar a alma com novas sementes. Com ginástica, cosméticos, medicina e cuidados alimentares, o homem cada vez mais amplia sua linha de vida no tempo, sua viagem pelo seu planeta. De qualquer modo, aos critérios da saúde, o princípio "Conhece-te a ti mesmo" se faz cada vez mais necessário.

Lá em Barcelona, aqueles mesmos alunos me convidaram para ir a um bar. Havia bares ao sol e bares à sombra; me pediram que escolhesse. Minha preferência era, já que se tratava de uma linda tarde de primavera no Mediterrâneo, estar em presença da estrela de quinta grandeza e mais nada. Discordaram de mim. Todos, sem exceção, queriam o lado mais frio e sombrio. Havia também ali uma questão cultural e só eu não era branca. Minha família negra vem dos desertos, e tem destas resistências ao calor. Mas ali, era sol brando mesmo, de fim de tarde, não havia perigo, era só falta de costume, hábito urbano de viver longe do céu e da luz que dele vem. Meu argumento para convencê-los: "Escutem, tomemos sol enquanto há sol! A sombra virá. Sabemos a que horas cairá a noite. Se é assim, que graça tem amanhecer e começar o dia já tomando altas doses de sombra?" Entra-se no elevador, na garagem, no carrão com vidro fumê, na garagem de novo, depois no escritório, no ar--condicionado gelado no inverno, como em um frigorífico. Quando vemos, estamos verdes. Nem notamos a mutação. Já é.

E permanecemos tomando sombra enquanto há sol lá fora. Aí, quando a sombra chega, já estamos tomando sombra há muito tempo. Aí, nos tornamos da turma daquele cara sombreado porque tomou uma overdose de sombra. Ao se expor a ela por um longo tempo e sem se dar conta, este órfão da luz solar suscita a pergunta aos olhos dos outros: "Quem será? É o sombra!", a própria imagem responde. Se a falta de sol fosse boa, pediatras, sábios, pajés e curandeiros nos diriam: "Exponha esta criança a duas horas de sombra por dia!" Aliás, quando o médico diz isso, e depois para de repetir a recomendação, é porque pressupõe que, ao crescermos, nós mesmos nos levaremos aos braços do astro rei. Isto quer nos dizer que estamos desobedecendo ao pediatra, gente.

Tudo bem, dá para se iluminar e cuidar da pele ao mesmo tempo. Há milhares de potentes loções bloqueadoras para comprar, além das soluções caseiras. Há peles muito sensíveis. Reconheço. Porém, sugiro que cada um encontre o seu protetor e assuma em alguma hora do dia o direito sagrado ao banho de sol. Benefício que até aos encarcerados é oferecido.

Vida-ateliê

Pouca gente se dá conta
mas estamos preparando
sem pensar e aos poucos
sem saber e sempre
a nossa máscara da velhice.
Estamos, durante a vida,
desde meninos,
esculpindo talhe a talhe
a forma da escultura
na qual teremos resultado.
Estamos preparando a mostra,
o vernissage do nosso rosto definitivo.
Seremos, no desfecho,
a cara com as linhas da coroa
e vice-versa.
Nosso avesso lá estará;
no hidrográfico bordado dos rios do riso
e dos rios do sofrimento.
Estamos, em nosso caderno de rosto,
grafitando nosso mapa.
Nossos espasmos e anemias
nossos impulsos e paralisias estarão lá.
Toda postura do corpo,
toda vivência-curva da coluna,
todo pescoço engessado,
todo medo,
todo peito empinado,
toda pélvica e espalhada felicidade

estarão na síntese desse rosto.
Estamos preparando a face
que testemunhará o que fizemos de nossas vidas
e com ela dormiremos na eternidade.
Estamos, durante a vida, germinando
o último espelho.
Sem perceber,
temos pincéis, tintas, milhares de cores, misturas e matizes
na paleta, amores, goivas, solventes, dores, telas, formões,
aquarelas e lápis nas mãos.
Tecelões do cotidiano, estamos urdindo a trama,
estamos tramando o nosso rosto final.
Quem sabe não se revele um traço confinando a boca
a um ataúde do "contrariado"? Aquela boca em "U" invertido,
para baixo, com os cantos caídos.
Boca de quem não protestou em verbo
e cuja ebulição zangada e silenciosa
passou para todos apenas como mimo
ou mero descontentamento.
Estamos, durante o enredo,
desenhando a testa com preocupações, ocupações,
ócios, diversões ou horas de aconchego.
Esculpindo estamos o rosto
que será a nossa cara dos capítulos finais.
Essa cara-identidade, cujo rascunho valeu
e cujo ensaio valerá,
representará, na eternidade do brilho do olhar,
nossa capacidade de estreia,
nossa habilidade em diluir rancores,
em transformar dissabores em aprendizado.
Tempestades e bonanças ilustram bem a empreitada.

Lágrimas só de dor e desgosto vincam com facilidade o rosto,
aquele cujo sujeito, dono do corpo,
eleja o sacrifício às gargalhadas da alegria vindas do coração.
Essas remoçam, coram as bochechas
com um rouge natural,
fazem boas marcas em torno da boca
e ainda reforçam o tal brilho do olhar.
Já o amor, é ótimo pirógrafo,
marca nele sulcos de toda sorte.
Noites e dias de um tempo bem passado
também contam na construção do retrato.
Mas, cuidado: fotogênica e triste,
a amargura produz vincos fundos,
tatuando-se fácil na estampa de quem não soube
chorar de alegria, nos olhos de quem não soube perdoar,
no nariz de quem não sentiu o cheiro do amor
nos lençóis, nos temperos,
na boca de quem nunca pôde dizer bom-dia.

(Quero, para mim, uma simpatia generosa
pregada no rosto de minha velhice.
Quero olhos vivos de novidades
que sorriam sempre,
quero rugas de bons e repetidos gestos
de contemplação, indignação,
revolução e contentamento.
Quero no meu rosto o bom retrato falado
de cada vão momento:
na cama com amor,
na mesa com os filhos,
no bar com os amigos,
na noite sobre o travesseiro de macela,

nas festas com os cúmplices de caminho,
nas decisões sensatas de trabalho...
tudo isso o rosto fotografa
e eu quero nele essas fotografias.)

Seremos o nosso porta-retrato
e já estamos portando essa tela.
Nela estará certamente uma verdade anterior
à superestimação
dos bisturis periféricos da vaidade,
que nada podem contra o que se viveu,
o como se viveu.
Pois o que projeta define e esculpe a face
é o que nos cabe diariamente:
a gestão dos nossos acontecimentos,
a quantidade de natureza que se experimentou,
as doses de buzinas urbanas,
os saldos de banco, sonhos e mugidos atingidos na longa jornada.
Isso é o que importará,
os acontecimentinhos diários,
a quantidade de arroz soltinho que se fez durante a lida,
o tempero de alho do feijão amoroso,
o gozo junto ao companheiro,
tudo vai pra conta da cara da velhice,
tudo vai pra lá.
Nosso rosto de velhos
é o nosso último boletim na escola da vida,
e a expressão que tiver, afinal,
será nossa obra de arte,
nossa prova dos nove,
nossa prova real.

Com mais porção disso ou daquilo,
de atenção ou descaso,
será com esse espelho final,
de vitória ou arraso,
que desfilaremos
sob a ilustre iluminação do ocaso.

Epílogo

(...) E aquele
que não morou nunca em seus próprios abismos
nem andou em promiscuidade com os seus fantasmas
não foi marcado. Não será marcado. Nunca será exposto
às fraquezas, ao desalento, ao amor, ao poema.

MANOEL DE BARROS

A vida de Judite

Às vezes, a gente leva uma porrada tão grande do amor, por exemplo, que não se recupera. Alguns revivem aquela mágoa, que se transforma em rancor, até o ponto de se sacrificar sem perceber. É como se usássemos a própria vida para ferir o outro. Para isso alimenta-se o rancor. Uns até o confundem com animal de estimação. Dão carinho e comida constantemente, alimentam aquela gosma que não deixa nunca a ferida secar. Quando ameaça cicatrizar, o rancor exige mais munição. Como um bicho predador a fazer estragos no porão, ele grita alto o nome do que será a próxima porção: "Quero mágoa, me dá mais mágoa, não está me escutando, não?" Aí, ele digere aquilo num átimo. E a pessoa, sob seu poder, não pode olhar nem para o presente nem para o futuro e prossegue inflamando o passado. O rancor é do mal, totalmente do mal. Não serve para nada, você não pode fazer nada, já passou. É um sentimento inútil que vamos alimentando com pedaços úteis, espaços novos do tempo de nossa vida. Por isso, acaba por devorar a pessoa se ela não der um basta neste vampiro. Vale a pena ficar preso ao que passou impedindo que a vida siga solta?

Lembro que um dia encontrei dona Judite, mãe de uma grande amiga minha, a Margarida Lira. Ela era grandona, cheia de corpo.

Sempre foi assim, presença imponente. Mas agora estava ali na minha frente, esquálida. Como pode? Está doente?

— Dona Judite, como a senhora está magra! O que aconteceu?

— Você não soube não, Elisinha? O Aníbal, minha filha, Aníbal arrumou uma piranha e ficou se esfregando com a piranha no meu muro. Falei pra ele e ele falou: "Se não quiser ver, não vê." E assim está sendo minha vida, minha filha.

— Está muito estranho. A senhora emagreceu muito subitamente, não é normal! Não é melhor fazer um exame?

— Você sabe, Elisinha, eu tô emagrecendo uma média de um ou dois quilos por dia. Tá fazendo dezesseis dias que eu descobri a sacanagem. Agora você faz as contas.

— Não estou gostando disso. A senhora tinha que pedir pra ele sair um pouco da casa, pra ele ficar com os filhos. Enquanto a senhora se recupera, vocês conversam.

— Não, Elisinha. Não quero saber de médico, não quero saber de separação... Eu quero é secar! Eu quero é morrer pra ele ver o que fez. Tenho certeza de que o remorso há de dar conta dele, vai matar ele. Aí eu quero ver se ele e a piranha vão rir. Já viu, minha filha, alguém morrer de remorso? Pois vai ver.

Que pena dela. Seu plano é se matar para se vingar do outro. Pena que no dia da vitória, ela não estará presente por motivos óbitos.

O avarento

Esse poema, com o qual me despeço desta conversa nossa, nasceu de um infortúnio, de uma situação desagradável que poderia não gerar nada, mas gerou. Foi assim: estava saindo de casa, de biquíni, uma camiseta por cima, fui a pé para a praia. Ia caminhar, correr. Só levava um real da água e mais nada. Pois, descalça, numa rua do Leblon, meu bairro na época, de repente me veio um poema na cabeça. Um poema todo pronto, parecendo perfeito. Tudo nele era articulado, tudo era bom no poema, o ritmo, o jeito, a música da coisa e do assunto. Algo raro de acontecer, não é toda hora. Então, falei pra mim: Tenho que escrevê-lo agora, senão vou perder este danado! Contudo, a situação me encontrara desprevenida: anotar onde e com o quê? Na época não havia celulares. Aí, parei numa banca de jornal, cujo proprietário, homem de uns 70 e poucos anos, fazia umas contas num bloco. Resoluta, com o dinheiro da água, comprei uma caneta e perguntei a ele, educada, embora pousando os olhos gulosos sobre sua cadernetinha: "Moço, o senhor poderia me emprestar uma folhinha do seu bloco para eu fazer umas anotações?" Nem falei que era poesia, temendo que minha urgência perdesse a importância para ele. O velho moço de olhos duros e muito magro, lembrando um galho de árvore muito seca, me olhou sem me ver.

Tinha olhos de desproteção e susto no fundo. Quem sabe foi obrigado, bruscamente, a virar homem, e rígido, quando ainda era menino? Pediu que eu esperasse um momentinho enquanto caminhava lento até o fundo da banca onde, agachado, futucava desutilidades na lixeira a fim de encontrar algo que pudesse me servir e do qual ele pudesse abrir mão, sem pena. Com o zoom dos olhos, dei um close na caderneta novinha, útil cadernetinha sozinha sobre a mesa. O pobre homem trazia o cenho e as mãos fechadas. Na direita, um papel usado de loteria esportiva, apostado, todo furado, sujo, rabiscado por alguém que ali testara uma caneta, e amassado, já sem a esperança do perdedor. Me perguntou displicente: "Serve?" Peguei aquele trapinho que o avaro me ofereceu e parti. Não dissemos nada de despedida, nem eu nem ele. Hoje sei que talvez pudesse haver, mas na hora, não vi palavra possível entre nós. Não fiz malcriação, não saí pisando protesto. Estava chocada e aceitei o papel riscado, hoje sei, porque vinha de um senhor enfermo. Era, meu Deus, um homem doente! Todo encarquilhado e retraído, encurtado demais para quem reparasse bem. Nunca havia visto essa doença num estágio tão avançado assim: pois o homem, afirmo porque vi e foi comigo o sucedido, estava com metástase de mesquinharia. Sua pele, na película daquele filme da vida, imprimia-se quase verde. Fiquei muito impressionada com ele. Um ser humano daquela faixa etária, isto é, daquela privilegiada altura da vida, foi se amesquinhando assim, se subtraindo sem se dar. Era um sofredor, parecia. Logo agora, diante da janela da sabedoria de onde pode ver, vividas, suas sete décadas até ali. Não era reciclar que ele queria, não. Ele não era capaz de doar uma folha que prestasse da sua cadernetinha. Doía nele. Às vezes, este sintoma está ali desde criança e não foi percebido. É preciso desde cedo que ensinemos aos pequenos a emprestar o carrinho, a borracha, o brinquedo. A dar e dividir o biscoito, o chocolate, o pão e os sonhos. Meu pensamento seguia firme na meditação sobre o ocorrido, mas queria encontrar o mar, tinha sede de ver o mar. Ainda pensei, de pura vingança, quando olhei de novo para a amassada esmola que eu trazia na mão: Sou uma mulher de sorte, não sou parente dele, não sou irmã, não sou prima, nunca mais vou naquela banca comprar mais nada nem a indicarei a ninguém. Esse moço não merece meu suado dinheirinho... Diante do mar, sentei na areia dourada do fim de tarde, concluí que a mesquinharia é uma doença que não sei se consta no catálogo das doenças emocionais. Deve constar. E já exige de nós um trabalho preventivo.

A onda bate mansa e farta no mar de Iemanjá. O crepúsculo se avizinha. Meu pensamento, caçador de mim, quer deixar isto para trás e ir em busca do poema que iniciou a história e foi motivo da turbulenta e silenciosa celeuma. Aqui, dentro de minha cabeça, é tudo muito animado, portanto, quando dei por mim, cadê o poema que ia escrever? Tinha esquecido. Onde estaria, Deus do céu, meu poema tão inspirado e certo, agora onde andará, perdido de mim? Procurei-o sem parar pelos pátios da razão, pelos links, pela lógica do pensamento que eu pensava quando era aquela que havia saído de casa de biquíni e camiseta ainda sem ter encontrado o dono da banca. Nada encontrei, nenhum vestígio, nenhuma poeira de assunto ou palavra que me remetesse ao tal poema que dera origem ao enredo.

Felizmente, fui envolvida por um desprendimento, um alento que pensava assim: Ah, depois, outro poeta encontra a inspiração, a ideia; traduz com chama parecida o espanto daquilo que me inspirara, mas que, devido aos recentes fatos, sumira da memória. Paciência.

Monotemática, voltei a pensar no homem da banca. Deduzi que a vida é o oposto da mesquinharia. Que tudo na natureza, tal qual o céu do litoral que eu via, é abastecido de pássaros, estrelas, ventos, nuvens, chuvas, relâmpagos, luas, sóis, trovões e ventos, neves e rios. Assim como há muitas habitações no mar, nos rios, na terra. De pérolas a gente, de raízes a frutos, de barro a ouro ou vice-versa, tudo ainda exibe sua fartura sem ostentar bestices. Sendo assim, onde aprendera o homem a ser mesquinho?

Disparei a refletir que a gente tem um dia novinho pela frente para dizer "Eu te amo", para iluminar as horas, fertilizar a rotina, inová-la, enfeitá-la, produzi-la e prepará-la a nosso modo, moda e gosto. Mudar seu rumo, se precisar. Ajustá-la à medida dos velhos e novos sonhos. Não é tão difícil: num dia a gente pode organizar, marcar umas prioridades que não custam nada, que não são caras, não exigem melhoria substancial de nossa vida econômica. Do que estou falando é tudo de graça, e faz diferença, tem efeito no todo: sair com aquela roupa sem precisar esperar a moda autorizar; são pequenas libertações cotidianas. Detalhes da viagem.

Só sei lhe dizer, meu leitor querido, que na praia mesmo, ali, na beira da noite que já se anunciava pelo aceno dos últimos raios daquele dia, escrevi no tal papelzinho sujo sobre rabiscos e furinhos das máquinas lotéricas, este poema, não aquele do qual jamais me lembrei, mas este novo que ofereço a você e dediquei ao "mesquinho" do Leblon. Não fosse seu gesto, este poema não teria existido. A toda hora nosso sonho é posto à prova e se aprende o quanto o dissabor ensina. Libação quer dizer brinde e é também o nome do poema que fiz naquela tarde, no papelzinho amassado, diante do imenso mar.

Libação

É do nascedouro da vida a grandeza. É da sua natureza a fartura a
[proliferação
os cromossomiais encontros, os brotos, os processos–caules, os processos–
[–sementes
os processos–troncos, os processos–flores, são suas mais finas dores.
As consequências-cachos, as consequências-leite, as consequências-folhas
as consequências-frutos, são suas cores mais belas.
É da substância do átomo
ser partível, produtivo, ativo e gerador.

Tudo é no seu âmago e início,
patrício da riqueza, solstício da realeza.
É da vocação da vida a beleza
e a nós cabe não diminuí-la, não roê-la
com nossos minúsculos gestos, ratos
nossos fatos apinhados de pequenezas,
cabe a nós enchê-la, cheio que é o seu princípio.
Todo vazio é grávido desse benevolente risco
todo presente é guarnecido do estado potencial de futuro.
Peço ao Ano-Novo
aos deuses do calendário
aos orixás das transformações:
nos livrem do infértil da ninharia
nos protejam da vaidade burra, da vaidade "minha" desumana sozinha.
Nos livrem da ânsia voraz
daquilo que ao nos aumentar nos amesquinha.
A vida não tem ensaio,
mas tem novas chances.
Viva a burilação eterna, a possibilidade:
o esmeril dos dissabores!
Abaixo o estéril arrependimento,
a duração inútil dos rancores.
Um brinde ao que está sempre nas nossas mãos:
a vida inédita pela frente
e a virgindade dos dias que virão!

POSFÁCIO

Comentários sobre *Parem de falar mal da rotina*

Por Geovana Pires, atriz e diretora

"Túnel do tempo! Vinte anos antes, eu, uma jovem estudante de teatro e poesia, fui assistir ao *Parem de falar mal da rotina*, espetáculo da minha professora e amiga. Paguei R$ 2,50 na bilheteria do Teatro Carlos Gomes e o que vi foi o que nunca antes tinha visto: uma atriz que contava com humor, crueldade e crítica sua visão do mundo, relatava cenas reais, o que via nas ruas, nas praças, na farmácia e sem dó virava o espelho na cara da plateia e revelava nossos absurdos, nos propunha que nos redimíssemos através da catarse. Expurgávamos assim os nossos erros e revelava-se a real função do teatro.

Muitas gargalhadas e, quando gozávamos de rir, um soco vinha logo a seguir. Assisti um dia, dois, três, até que comecei a apontar: Hoje você não fez aquela cena maravilhosa. Anota pra mim, ela disse. No que respondi: Me manda o texto que anoto. Não tenho texto, proferiu, isso tudo eu tiro da minha cabeça. Pausa.

Era inacreditável. Gênia! Enquanto eu transcrevia tudo ouvindo uma fita cassete, separava assuntos, cenas, contava os inúmeros personagens que ela representava. Nascia ali a minha história com o espetáculo que transformara não só a minha visão cotidiana, mas também a de quem assistia dezenas de vezes, a vida de quem, após assistir ao espetáculo, se separava, casava, continuava a estudar ou via que não queria aquilo pra si, a vida de quem desistia de se suicidar porque via a vida pulsar em Elisa, enfim, transformações que conhecemos através dos milhares de relatos que nos escreviam.

Sugeri cenários, passei a entender de iluminação com Djalma Amaral, que assina a luz e que generosamente colocou no meu colo a incumbência de montar e operar a luz em inúmeros teatros pelo Brasil e fora dele. Descobria enquanto aprendia uma nova função. Seguia sua respiração, sua ação, suas mudanças repentinas de cena, íamos ao compasso do ao vivo, das respostas inesperadas da plateia, do celular que tocava, do político que após tirar foto saía no meio, ah, para esse éramos implacáveis: eu acendia a luz escancarando a fuga, no que Elisa dava sempre uma encurralada. Me sentia Pelé e Garrincha na jogada de bola.

Esse espetáculo acompanhou minha trajetória, me viu casar, separar, viu meu filho engatinhar em cena levando a plateia ao delírio e me assistiu com orgulho me tornar diretora, iluminadora, roteirista e dramaturga.

Devo muito do que sou hoje a tudo que aprendi fazendo esse teatro livre com Elisa Lucinda, cada varrida no palco, cada palavra machista dos técnicos do teatro me dignificaram como artista.

Elisa tem o dom de colocar uma lupa em nosso olhar e nos mostrar que a vida é absurda, é real e o caminho dela está em nossas mãos.

Mostra tudo exatamente como é e não como gostaríamos que fosse. Uma rainha da comunicação, sem quarta parede, sem filtro nos descortina as veias abertas. Nunca foi um monólogo, sempre teve a plateia como personagem principal, sem ela não há espetáculo, sem ela não há interlocutor, não há a arte do encontro. A plateia é o que faz um espetáculo sobreviver por vinte anos, sempre vivo, sempre novo, sempre acompanhando os acontecimentos do mundo.

Às deusas do teatro, obrigada por este presente! Evoé!"

Por Beatriz, fã

"Não sei bem para onde mandar esta mensagem, mas eu tinha que mandar. Estou em Brasília, hoje é dia 16 de março, faz quarenta minutos que saí da sua peça *Parem de falar mal da rotina*. Estava na segunda fileira, um pouco inquieta por causa de um colete para a coluna.

Gostaria de ter escrito naquele caderno que estava lá fora para as pessoas deixarem seu recado, mas tinha muita gente... Bem, vou direto ao assunto: o fato é que por pouco não assisti a sua peça. Há exatamente um mês e dezesseis dias tentei suicídio. Não foi a primeira vez, mas dessa vez foi grave. Joguei o carro de cima de um viaduto a 120 km/h, passei vinte dias internada, quebrei o nariz, uma costela, e fraturei uma vértebra, o que quase me deixou em uma cadeira de rodas.

Por que estou te escrevendo isso? Realmente acredito que estou em um processo novo na minha vida, mas uma pergunta me incomoda e, às vezes, me aflige: "Por que agora vai ser diferente?"

Hoje no teatro ouvi as respostas mais óbvias e geniais que eu poderia ouvir. Acredite, saí de lá muito, muito mexida. Fiquei muito emocionada, por estar ali, por estar viva e por estar ouvindo tudo aquilo que minha alma precisava ouvir. Enquanto ia para casa (sem dirigir) só chorava, estava tão feliz. Nem sei bem por que, gostaria muito que você soubesse como aquelas horas ali dentro mexeram comigo, por isso esse e-mail. Nem sei se vai chegar a você, mas não poderia não tentar e ficar vivendo no cárcere do 'se'... Não, não tenho nenhum problema grave para dar fim a minha vida... Essa é uma história longa e complexa que não cabe nesta mensagem.

Mas estou te escrevendo para dizer que a sua peça, para mim, não foi só linda e genial, foi profunda, doída (no que de mais belo pode haver na dor). Foi a primeira vez que te assisti! Não poderia ter sido em hora melhor. A sensação que tive (pode parecer doideira) é que você tinha ensaiado tudo aquilo só pra dizer pra mim exatamente naquele dia.

Você não faz ideia da dimensão que sua peça tomou na minha alma.

Obrigada!

Um grande abraço de quem, por pouco, não conheceu o seu ma--ra-vi-lho-so trabalho!"

Por Rodrigo Lino, professor e fã

"Na década de 2000, quando estávamos na Faculdade de Letras, eu e Paulinha (Paula Cristina), minha melhor amiga e parceira desde a adolescência universitária, descobrimos *Parem de falar mal da rotina*, livro que se tornou referência para nós dois, adolescentes negros forçados a consumir academicamente obras que privilegiavam brancos e seus retratos cafonas de culto ao próprio arquétipo. Imaginem o carinho na alma que foi ler pela primeira vez um texto que tratava a minha aparência como incrível, e numa página bonita, na palavra linda de uma mulher negra... Foi decolonial ter lido Elisa Lucinda e vê-la descrever como o cabelo do filho (pequeno na época) o protegia da chuva por um tempo. Visualizei pela primeira vez a natureza como nossa aliada, inclusive, nisso.

Foi necessário ter lido que nossos cabelos entravam nas farmácias e eram ofendidos pelos rótulos dos produtos, visto que sempre precisávamos comprar as opções para os 'secos e quebradiços'. Só então percebi.

Muitas histórias nos atravessam diariamente. Estar inserido no mercado de trabalho e fazer questão de manter a aparência de quem sou significa resistência dolorosa, possibilidade gigante de sofrer censura estética. E não há uma vez que eu sofra violência relacionada que não me lembre daquelas páginas.

Depois de ter conhecido a Lucinda, decidi deixar meu cabelo crescer livre, foi meu primeiro sul (me recuso a chamar de norte) nesse assunto.

Não há uma turma, nesses mais de dez anos como professor, que tenha passado por mim sem ouvir Elisa."

PARTICIPAÇÕES ESPECIAIS

Estes créditos são meu buquê de palavras, meus lírios de gratidão aos que compuseram, cada um à sua maneira, a trilha desse trem chamado *Parem de falar mal da rotina* até aqui.

Em especial, meu pai, Lino Santos Gomes, por ter garantido a todos nós, seus filhos, quintais onde puderam correr livres nossos sonhos, responsáveis por muitos pensamentos destes escritos. Pai exemplar, que instituiu em nossa casa, desde muito cedo, livros e bom humor como elementos da pedagogia da vida.

Juliano Gomes, jovem cineasta, filmou várias versões do espetáculo que tanto conhece e viu nascer. É meu especial consultor que, educado à base de poesia, ensina mais que qualquer poema. Foi ele quem me apresentou *O mestre ignorante*, obra do filósofo Jacques Rancière, que mais iluminou em fundamentos a experiência deste livro. O nobre Juliano é também meu orientador cinematográfico, uma espécie de informal "personal movie". Meu filho, um luxo só.

Geovana Pires, imbatível conhecedora desta obra e de seus formatos desde o embrião, e que aprendeu com o mago Djalma Amaral a iluminar teatro, especialmente para fazê-lo no *Parem*. Com sua paciente persistência, sua brilhosa alma sem mesquinharias, ofereceu--me preciosa assistência lírica durante todo o minucioso e exaustivo processo. A bênção, comadre!

Ricardo Bravo, amigo querido, que colheu as primeiras imagens da peça e, assíduo cúmplice espectador, marcou sua observadora presença em mais ou menos oitenta sessões até hoje. Grata também lhe sou por ter sido dedicado leitor deste original. E em voz alta. Bravo, Ricardo!

Todos os nossos constantes patrocinadores no país e fora dele, os quais aqui vou representar sob a fina pessoa de Gilson Martins, que, durante todos esses anos, presenteou a plateia com uma de suas lindas bolsas quando alguém adivinhava o autor de determinado poema ou canção. Houve até quem, do público, dissesse: "Vim de novo para tentar a bolsa!"

Meus amigos e amores das páginas dos papéis da vida, onde formamos os elencos e os pares românticos dos nossos folhetins.

Jorge Guimarães, nosso amado Jorge, assessor de transportes de minha família, amigos e equipe da Casa Poema. Seu táxi sempre exibe nossos panfletos. É divertido ouvi-lo afirmar: "Estamos com cem por cento da frota apoiando a peça!" Foi Seu Jorge também que, com sua alegria e criatividade diárias, e sua rápida inteligência comediante, forneceu várias piadas que fizeram a cena.

A todos os que produziram este espetáculo, dele se alimentaram, com ele colaboraram para que permanecesse vivo até aqui e, principalmente, para que chegasse onde o povo está. A todos beijo aqui na pessoa de Vanda Mota, minha valente produtora da Espanha, responsável por mais de uma centena de apresentações naquele país, com direito a tradução dos poemas em catalão. Ô, Vandinha, capixaba danada!!!

A Velha Guarda da minha escola, que tem mestre Lino como rei, é também composta do mestre Mauro Salles na categoria apoio incondicional, e da rainha mestra, minha professora de poesia falada, Maria Filina, que me deu esse doce ofício de dizer versos. Compondo com esplendor essa constelação, destaque especial para minha estrela Divalda, que lá do céu continua a me orientar com o brilho de suas palavras. Posso ouvi-las e estão aqui. Carrego o luxo de ter brotado de tal ventre e herdado sua voz.

O público, o mais rico e o mais pobre, ambos deixaram ali para mim, para a arte, para o teatro, seus aplausos, suas confirmações e suas prendas. É para você, em primeiro lugar, este livro, porque foi seu riso e sua lágrima que me ensinou a construí-lo e deu validade a meu serviço.

Beth Carvalho, artista visionária, madrinha da arte popular, que esteve milhares de vezes nas sessões, cúmplice fiel da formação desta plateia. A legião de fãs e amigos aos quais esta dama do samba apresentou o *Parem* faz multidão na praça da nossa história.

Valéria Falcão, Simone, Raquel Corbetta, Taís Espírito Santo e Sarah dos Anjos, que, com amor, cuidam dos bastidores de minha rotina, com as merecidas estreias que habitam a intimidade de um lar.

Eduardo Brandão, espécie rara de dedicado anjo da guarda, fiel camareiro que me enche de mimos, carinhos e cuidados, que é o único modo pelo qual ele entende a palavra "trabalho".

Ana Carolina, parceira de risos, canções e ideias, que me encomendou o "Só de sacanagem". Danada.

Margarida Eugenia, minha irmã "Garida", sagaz observadora dos tipos humanos e que, por tão bem saber interpretá-los, inspirou muitas cenas.

Desconhecidos, anônimos, dos quais, invisivelmente, escutei palavras e intenções, nas quais me inspirei sem que soubessem. Meu profundo agradecimento aos personagens da vida que, por tanto parecerem ficção, aqui já nem distingo se são reais ou não.

Meu leitor, afetuoso personagem, interlocutor e freguês, razão de minha poesia.

Os inúmeros teatros deste país, embora nem sempre bem cuidados como merecem. Cada um com sua beleza recebeu nosso espetáculo no segredo de suas cortinas. Só o escuro do teatro guarda o que realmente ali acontece. Discreto e pomposo laboratório de transformações, é o teatro que conhece a diferença do público ao deixá-lo. Quem parte não é o mesmo que chegou. Meu amor infinito pelo teatro Sesi, que é, até agora, o "anfitrião campeão".

O complexo mundo corporativo moderno, onde o espetáculo é, em sua versão *pocket*, convidado a tornar mais humanos os "recursos humanos" na construção do prazer e da paz no ambiente de trabalho.

Antônio, meu sobrinho encantado, e criancinhas de toda sorte, idade, origem e cidadania. Sem suas lições de honestidade e espontânea alegria, eu não teria a necessária coragem de dizer o que penso aqui.

Este livro foi composto na tipografia Adobe Caslon Pro,
em corpo 12/15,5, e impresso em
papel off-white no Sistema Cameron da
Divisão Gráfica da Distribuidora Record.